社宅妻
昼下がりの情事

真藤　怜

幻冬舎アウトロー文庫

社宅妻　昼下がりの情事

社宅妻＊目次

第一章　浮気妻のキッチン

「あなた、朝食は？」

「いや、いい。食べてる時間、ないんだ」

エプロン姿の九條冴子《くじょうさえこ》はキッチンから声をかけたが、夫の敏樹《としき》はすでに身支度を終えて出かけようとしているところだった。

「スープだけでも……」

「じゃあ、ひとくち」

冴子が差し出したマグカップを受け取り、口をつけた敏樹は「熱い！」といった顔をしてすぐにテーブルに置いて玄関に向かった。

「ゆうべ、帰ってきたの気がつかなかったわ。何時だったの？」

「ええっと、三時過ぎかな」

「家には五時間しかいないで、また出勤なんて。これで体壊さない方が不思議なぐらいね」

「しょうがないだろ。仕事だから」

靴を履いた敏樹は、振り返る暇も惜しいといった様子でそのまま出て行こうとした。

「気をつけてね」

「ああ、送らなくていいよ」

だが冴子はドアを半開きにして敏樹がエレベーターに向かって行く後ろ姿を見送った。平日はいつもこの調子で、深夜に帰宅し朝は八時過ぎには出て行く。ろくに会話もできないので、何か用事があればメールに書いて送っているほどだ。

小学校四年になる息子の翼《つばさ》と三人暮らしだが、ほとんど母子家庭のようだ。土日ぐらいは家族でゆっくりしたいのに、その貴重な休みも半分ぐらいつぶれてしまう。役人がこんなに多忙な日々を送っているとは結婚前には夢にも思っていなかった。

敏樹とは友人のパーティーで知り合い、半年後には結婚していた。当時二十三歳だった冴子は、官僚は堅い仕事だし安定している、というぐらいしか認識していなかった。官舎は「都心の一等地」とまではいかないが、便利のいい場所に建っている。三人暮らしには不足のない広さの部屋をかなりの低家賃で提供してもらって、大変ありがたいと思っているのだが、もう少し夫に家庭を顧みる時間があれば言うことはない。しかし、そんな生活も何年も続くと慣れてしまうのだが。

冴子は家中のくず入れの中身を集めて袋に詰め、階下にあるゴミ集積の場所に持って行った。部屋に戻る途中で同じ階に住む友美《ともみ》と会った。

「九條さん、きょう、時間ある？」

驚いたことにまだ朝の八時過ぎだというのに、友美の顔にはもうフルメイクがほどこされていた。素顔はめったに見せない友美は、メイクやファッションにも手を抜かない。

「きょう？　何時ごろかしら。何か用？」

「自由が丘のお店でセールがあるのよ。きょう一日なんだけどね、すごくお安くなるの」

以前、友美に連れられて行ったブティックのことだろう。値段が高くて、セールで半額になってもまだ高いと感じたし、冴子の好みとも少しセンスが違った。

「きょうは午後、電器屋さんが来るの。修理で呼んでいるんだけど、時間がはっきりしなくて」

「あらそう、それは残念。ずらせないの？」

「ごめんなさい。ＤＶＤのデッキ、早く直さないと主人が機嫌悪くて」

「じゃあ、仕方ないわね」

「また、今度誘ってね」

別れぎわ、友美が体の向きを変えた拍子に胸がぶるんっと揺れた。体格がいいので胸も大きいが、ノーブラだったようでTシャツの上から先端のポッチが透けていた。顔は完璧でも首から下はまだ支度が済んでいない様子で妙になまめかしい。

「近いうち、表参道のレストランにランチに行かない？　ウエイターがイケメンばっかりの店を見つけたのよ。味もいいし値段もそこそこだし。ね。来週、行きましょ」

「そうね」

イケメンのウエイター、か。冴子はさほど興味はないが、友美に付き合って外出するのもたまにはいい。官舎の先輩、というだけで奢《おご》ってくれることもある。翼が学校に行っている時間には冴子が部屋に呼んでお茶を飲んだりもしている。

だがきょうは、友美に付き合っている暇はないのだ。冴子は部屋に戻り、掃除と洗濯をてきぱきとこなし、普段より時間をかけてメイクした。下着も取り替え、服は迷いに迷ったが、外出用のおしゃれ着を家で身につけているのも不自然なので、カジュアルだが見栄えのする薄手のシャツブラウスとデニムのミニスカートにした。

冴子は若い頃からミニスカートが大好きだ。スーツでもスカートはミニ、と決めている。アメリカのキャリア・ガールのイメージで、かっちりとしたジャケットを着て、スカートはタイトのミニ。すらりと伸びた足の先はヒールのパンプス、というスタイルに憧れていた。

結局、冴子は二十三歳で敏樹と結婚してしまったので、ＯＬ生活はたった三年しか続かなかった。だが憧れのファッションだけは、子持ちになっても続けていたいのだった。

午後一時より五分前にインターホンが鳴った。彼もまた待ちきれなかったのだろうか。冴子はオートロックを解除し、彼がエレベーターに乗って六階に上がってくる頃合を見計らってドアの鍵も開けた。

「こんにちは。○○電機です」

玄関のドアを開けて入って来た俊一《しゅんいち》は、紺色の作業着風ジャンパーにコットンパンツ姿だった。軽く会釈した彼の視線はミニスカートから伸びている冴子の生足《なまあし》に注がれていた。

「早かったのね」

「午前中に行った家のエアコン修理が早く済んだから。フィルターが汚れて詰まっていただけで、壊れていなかったんだ。楽な仕事だったよ」

俊一は用意されたスリッパもはかずに部屋に入って来た。

「そこの家の奥さんって、若い人？」

「いやいや、年寄りだよ」

「なあんだ」

「何？　気になるんだ」

「だって、原因がわかっているのにわざと呼ぶってことも考えられるじゃない」

「そうだね、どこかの奥さんみたいに」

「どこの奥さんのことかしら」

「ミニスカはいて待ちかまえてたりとか」

俊一は修理道具の入ったケースを床に置くと、いきなり冴子を抱いてキスしてきた。

「あ、ん……」

冴子は抵抗するどころか彼に体をあずけ、唇を吸われるままになっていた。キスは濃厚で深く、遠慮がちだった冴子の舌はからめとられそうになっていた。

キスをしながら俊一は下半身を冴子に押しつけ、抱いていた手をずらして左手は胸に、右手はミニスカートの裾から進入しようとしていた。

「だめ、早く修理しちゃって」

「いいじゃないか後で。こんなのすぐ直るから」

「いいえ、お楽しみは後で、でしょ」

冴子は俊一の体を押しのけると、ＤＶＤのデッキを指さした。彼の下半身がすでに固くなっていたのを感じて、冴子もついその気になってしまったが、仕事だけはきちんとしてもらわなければならない。

「ディスクを出し入れする時に、止まるのよ」

「ああ、よくあるんだ」

「子どもが乱暴に扱うからすぐに壊れるの」

「面倒な修理の時は、買い換えた方が安くあがりますよって言うことにしてるんだ」

「あら、これも？　まだ買ってから一年ちょっとよ。出し入れの時以外はスムーズに作動するのに」

「奥さん、あっちの方の出し入れの時はスムーズなのかな？」

俊一は口元に下品な笑いを浮かべながら振り返った。

「いやあね、それ、どういう意味よ」

だが冴子は口ぶりとは裏腹に不快な表情は見せていなかった。ミニスカートの腰に手をあてて、俊一の作業を見下ろしていた。

彼はジャンパーを脱いでポロシャツ姿になっていた。大手電器店と契約している修理専門の会社から派遣されているのだが、冴子はもう彼を直接指名して来てもらっている。三カ月前、テレビの修理が最初だったが、その時はとても感じのいい青年としか思わなかった。だが次にまた同じ箇所が壊れて出張してもらった時には、冴子の中によこしまな考えが浮かんでいたことは確かだ。

「終わった？　こっちに来て飲み物でもどう？　アイスティーぐらいしかないけど……」

「飲み物じゃなくて、欲しいものがあるな」

冴子がアイスティーを用意するためキッチンに入ると、俊一も続いてやって来た。

「何が欲しいのかしら、ビールでも？」

「決まってるじゃないか」

いきなり背後から襲われた冴子はさすがに抵抗した。

「だめ。待って……」

「さっきからもったいぶって。待てないんだよ」

俊一は冴子をシンクに押しつけると即座にスカートの下に手を入れた。まくる手間もいらないほどの短いスカートの下は、こざっぱりとシンプルな白のショーツだった。

「こんなところで、いやよ。ねえ、あっちで……」

「こっちは一刻も早く出し入れがしたいんだよ」

もがく冴子の腰からショーツを剝《は》がすと、白くつややかに光る剝《む》き卵のような臀部《でんぶ》が現れた。適度なボリューム感はあるが、引き締まって皮膚には張りがあり充実したヒップだった。

手早くズボンを下ろした俊一は、すでに棍棒《こんぼう》と化している自らの分身を握りしめた。

「あっ、あはぁ〰〰っ」

その瞬間、冴子の頭ががくっと後ろにのけぞった。

「入った……入ったぞ」

俊一は冴子の腰に両手を当てて引き寄せるようにしながら、深くじっくりと肉棹《にくざお》を送りこんだ。

「んっ、んっ、うんんん……」

冴子はシンクの縁にしがみつき、両手に力をこめて衝撃に耐えていた。

「どう、気持ちいいだろ。根元までしっかり入ってる」

「こんなところで、いやよ」

「こんなところだから、興奮するんだろ」

「なんだか、レイプ、されてる、みたい」

ひと突きごとに全身を貫く振動で、言葉はとぎれとぎれになっていた。

「修理で呼んだ電器屋に台所でレイプされてる奥さん、か」

「ああっ、や、やめてぇ〜〜」

俊一の言葉にすっかり興奮した冴子は、自分から腰を高く突き出していた。

「もっと犯してほしいんだな」

急にピッチが速まって、彼の逞《たくま》しい尻肉がもりもりと躍動した。シンクのそばに置かれていたポケモンのコップが振動に合わせてかたかたかたと鳴った。

「ああんっ、あんっ、あんっ、あんっ……」

「うっ、もうがまんできないっ」

ものの三分ももたず、彼はフィニッシュを迎えてしまった。がっくりと冴子の背中に覆い被《かぶ》さり、背中と肩で大きく息をついていた。


「ベッドに行こうよ」

リビングのソファに移動してから、俊一は冴子の胸にしゃぶりつきながら言った。ブラウスの前が大きくはだけさらけ出された白い乳房に、彼は顔を擦《こす》りつけるようにして愛撫《あいぶ》したり吸いついたりしていた。

「ここ、落ち着かなくない？」

俊一は今時の若者っぽいイントネーションで尋ねた。

「寝室はダメ。ここの方がいいの」

「変わってるな。この前、ここでいちゃいちゃしてる時に近所の奥さんが来たんだよね」

「そう、せっかくいい時に邪魔されたわ」

前回、俊一を呼んだ時、友美がいきなり訪問してきて中断したのだ。

「たっぷり前戯して、いよいよこれからって時だったのに」

「そうよ。実家から送ってきた食料品がいろいろあるから取りに来てって言われて。今、修理の人が来てるって言ったら、大丈夫なのって、うたぐり深い目で見られたわ。ほんとは、ぜんぜん大丈夫じゃないんだけどね、ふふふっ」

笑った拍子に肉丘がぷるぷると揺れた。授乳経験があるので乳首はぷっくらと大豆粒ぐらいの大きさにふくらんでいるが、やわらかく適度な弾力は損なわれていなかった。俊一は執《しつ》拗《よう》にしゃぶりつき、舐《な》めあげたり吸ったりを繰り返している。

「だから、またあのおばさんに邪魔されないように、きょうは最初に一発やって……それからじっくりといただくことにしたんだ」

「初エッチがキッチンで後ろからなんて……」

「興奮するだろ。すごく燃えてたよね」

「でもすぐ終わったじゃない」

「今度はだいじょうぶだ。たっぷり時間をかけるから。これ、脱いじゃえよ。こんなもの着ていても意味ないじゃん」

俊一が指さしたミニスカートは、ウエストまでたくし上げられただ巻きついているだけの状態で、下半身からはショーツは消えていた。

「ダメよ。この間みたいにだれか来た時、あわてて着るよりも手間が省けるでしょ。下ろせばいいだけだし。だからブラウスも着たままよ」

「ノーパンでアソコが濡れ濡れになっていても、とりあえず隠れて見えないからね」

俊一は右手をすべらせて、ぴったり閉じられた太股《ふともも》に割って入った。濃いめに茂ったちぢれ毛を指で弄《もてあそ》び、それからおもむろに人差し指と中指をまとめて裂け目に挿入した。

「あっ、ん……」

ゴツゴツとした異物が柔肉を掻《か》き分け奥深く入ってくる。中でくねくね動かしたり、回転させたりする、その度に冴子は小さく呻《うめ》いたが、膝《ひざ》はすっかり緩んでされるままになっていた。彼の指は仕事柄いつも少し汚れていて、ツメの中も黒ずんでいた。一日の仕事を終えて風呂にでも入らないと完全にはきれいにならないという。そんな汚れた手指が女肉を弄ぶのを見て、冴子はひどく興奮するのだった。

「すごいな。濡れすぎて洪水になってる」

「いやぁん」

「あふれ出しそうだよ。ほら、ぐっちゃぐちゃだ」

「その手がいけないのよ」

俊一はさらに激しく手を動かし、さらに親指の腹で敏感な肉芽を軽くつついた。

「あうっ、あううっ」

「ん、感じてるな」

冴子は体をくねらせて大げさに身もだえた。

「ここ、気持ちいいんだな」

「いやっ、もうだめっ、ふは～～～～～っ」

突然、体がびくびくっと震え、その後硬直してびくりとも動かなくなった。

「いっちゃったんだ。手だけでいったんだ」

――そうよ。その汚れた無骨な手でアソコをいじられると、たまらなく興奮するの。

「俺、またヤリたくなっちゃった」

俊一は女肉から指を引き抜いて立ち上がると、ズボンと下着を床に脱ぎ捨てた。

「あらあ……」

若々しい下半身がいきなり冴子の目の前にさらされた。ひょろりとした長い足の付け根に広がる黒々と濃い茂みの中から、魚肉ソーセージを思わせるピンクの肉茎がぴんっと天を向いて立ち上がっていたのだ。

「元気がいいのね」

「こいつをどうにかしないと」

「さっき出したばかりなのに、もう？」

「さっきのはほんの挨拶程度だよ。すぐ終わっちゃったし。今度のが本番だ」

「長くできるの？」

「ああ、二回目以降はけっこうもつよ」

「触らせて……ああ、すっごく熱くて固い」

冴子は、すっきりと長い逸物《いちもつ》に手をかけて感触を味わうと、しっかり握りしめた。

「ううっ、入れたくなっちゃったよ。今度はどういう体勢がいい？」

「私の好きにさせてくれない？」

冴子は唇の端で笑うと、俊一をソファに座らせた。それから彼と向かい合うようにして膝の上に乗った。

「おお、いいねぇ。このまま入れちゃうんだ」

「ふふっ、私のペースでできるからいいのよ、これ」

冴子は右手で棍棒を摑《つか》むと、自らの裂け目にあてがった。早く入りたがって腰をひくつかせている俊一をじらすように、花門の入り口に先端を擦りつけたり指先でいじって液が染み出しているのを確かめたりしていた。

「早く。早く入りたいよ」

「焦らないの。たっぷりさせてあげるから」

「それじゃ、おっぱい吸わせて」

冴子は胸をぐっと突き出し、ツンツンに尖《とが》った先端を彼の口に含ませてやった。

「ああ、押しつぶされそうだ……でも、おいしい」

彼は無心に乳房にしゃぶりついていた。乳輪ごと深く吸ったり、蕾《つぼみ》を舌先でつついたり口の中で転がした後、軽く嚙《か》んだりした。

「だめ、痕《あと》をつけないで。ああん、痛いけど、気持ちいい。感じちゃうわ」

冴子は腰を少しだけ持ち上げると、器用な手つきで肉棒の先端を裂け目にあてがった。そして静かに、深く腰を沈めていった。

「あっ、あああ……入る。入ってくぅ」

冴子は腰を沈めきると、がくっと前に倒れて俊一の首にしがみついた。

「最後まで入ったぞ。ああ、中、あったかくて気持ちいい」

「全部、入っちゃったの？　うう、ゴツゴツ当たる」

冴子は感触を楽しむように、ゆっくりと上半身を上下させた。時にひねりを加えた動きをしてみたり、小刻みに腰を振ったりとアレンジした。

「だめだ、止まって。イキたくなるから」

「二度目だから、あんまり早くイカないでね」

「だけど……気持ちよすぎて……」

俊一は両手で尻肉を抱え、ゴツゴツした指を器用に使ってじっくりと撫《な》で上げた。

「いいケツしてるね」

「もうおばさんだわ。子どもも産んでるし。アソコも緩くなってるんじゃないかって心配なの」

「ああ、それは大丈夫。緩くなんかないよ。若くてもがばがばの女とか、いるから」

「ほんと？　自信持っちゃう」

「けっこう、よく……ああ、また締まった。入り口がきゅっと、巾着《きんちゃく》みたいに絞れて……」

冴子は下腹に力を入れて壺口《つぼぐち》を締め上げ、そのままピストンするように腰を上下させた。

「どう？　これ、いい？　いいの？」

「いいっ、いいっ……ああ、出したいっ」

するとと俊一はいきなり冴子を床に押し倒し、のしかかって両足を抱えこむと激しく腰を上下させて抜き挿しした。

「ああんっ、ねえ、イク時はちゃんと外に出してぇ〜〜〜〜」

俊一の背中にしっかり絡ませていた足をほどくと、冴子は大きくM字形に開脚した。

「あっ、ああ……いくっ」

俊一はそのままの体勢でフィニッシュしようとしたが、冴子に下から押されて体を引いた。ペニスがすぽんと抜け出ると、ぶるっと震えながら二度三度と樹液を飛ばした。

「二回目だから、あんまり出なかった」

「これで十分だわ」

冴子の臍《へそ》の脇には濃厚な白濁液がべっとりと残されていた。

「ねえ、今度、外で会おうよ。そうしたらゆっくりできるのに」

事が終わって、俊一は帰り支度をしながら言った。

「そうねえ……」

「ラブホでじっくり。昼間のサービスタイムなら長くいられるし」

「うーん、そのうちに。考えておく」

冴子は曖昧《あいまい》な返事でごまかした。修理で呼んだついでに、夫や近所の目を盗んでするからこそ燃えるのに。俊一とセックスするためにわざわざ出かけて行くつもりはなかった。

「絶対いいと思うよ。いろいろなこと試せるし、デカい声も出せるだろ」

――あら、何もわかってないわね。修理屋さんと人妻が昼間っから……というシチュエーションに興奮するのに。

「俺、こう見えて案外、人妻殺しなんだぜ」

俊一は来た時と同じジャンパーをはおると唇の端に下品な笑いを浮かべた。

「わかるわ」

「修理に行った先の奥さんに迫られること、けっこうあるし」

「あなたなら、ありそうだわ」

俊一は格別にルックスがいいわけではないが、あまりすれてなくて誠実そうで、口も堅そうに見えるのだ。つい、人妻が体を許したくなるような雰囲気を持っている。

「作業服が似合うし。でもガテン系じゃないところがまたいいのよ」

――少し汚れた指先とか、ぞくぞくするのよ。あの指で胸を揉《も》まれたいとか、アソコをいじられたい、とかね……。

「なら宅配便の運ちゃんでもいいのか」

「だめよ。あの人たちは忙しすぎるわ。車も長く止めておけないし」

「でも玄関先で立ったままなら」

「そういうのに興奮する奥さんもいるかもね」

「いろんな人がいるんだから。今度、メシでも食いながらゆっくり話してやるよ」

「ずいぶんたくさんお相手してきたのね」

「それほどでも……」

話の内容には興味がなくもないが、俊一と外で食事することなど論外だ。

「私をお食事に連れて行ってくれるの？」

「え、連れて行くって……そんな、俺がご馳走《ちそう》できるような店じゃ、お気に召さないだろ」

「わからないわ。ねえ、そろそろ息子が帰って来る時間だから」

「じゃあ、失礼するよ。あ、これ、借りて行っていい？」

俊一はソファの下に丸めて紙くずのように落ちていた冴子のショーツをつまみ上げて言った。

「借りるって？」

「ひとりでする時のオカズにするんだよ。オナニーの友」

「いやあね。どうするの？」

「ん、匂《にお》いを嗅《か》いだり、股《また》の部分を舐めたり」

「やだ、舐めるの」

「現物があるっていうのは、想像するだけより遥かに効くんだから」

「あげるわよ」

「やったー」

俊一は子どものように小さくガッツポーズしてから、ショーツをジャンパーのポケットに押しこんだ。

「修理のご用がある時はぜひ、また」

「ええ、また呼ぶわ」

彼はドアをそっと押して出ていった。翼はきょう、六時間授業の日なのでまだしばらくは帰って来ない。しかし、そろそろひとりになりたかったのだ。

冴子はシャワーを浴びるためにブラウスとスカートを脱ぎ、全裸になった。姿見の前に進み出て全身を映してみた。何か痕がついていないか確かめるための点検だが、ついでに自分のプロポーションをチェックした。三十四歳……人妻で一児の母とくれば体型が崩れ始めていてもおかしくはないが、冴子は最小限に食い止めている。バストは比較的ボリュームがあるので、重量で垂れてこないか心配だがマッサージで何とか形は保っている。一歳過ぎまで母乳を与えた乳首は、授乳期間中は色が黒ずんでうずら豆のように膨れていたが、それも乳離れがすんで時間が経《た》つにつれ徐々に戻っていった。もちろん娘の時のような小さく尖った乳首には戻れないが、俊一などむしろしゃぶりがいがあると言って喜んで吸いついているのだ。

ほっそりしたウエストや二の腕は自慢だし、下腹に贅肉《ぜいにく》など死んでもつけないつもりだ。

エアロビやランニングで太らない努力はしている。ヒップも結婚前のようにこぢんまりと小さくはないが、まだそう見苦しくはないはずだ。

セックスの後は肌の艶《つや》が良くなっているように見える。十歳近く若い男のエキスを浴びて細胞まで生き返ったようだ。冴子は鏡を見ながら自分で自分の体をあちこちまさぐった。

シャワーを浴びるのは一旦やめて奥の寝室に直行し、ベッドにもぐりこんだ。先ほどのセックスの名残をすぐに洗い流してしまうのがもったいなくなったのだ。

冴子は先ほどの行為を思い出しながら自慰にふけった。

俊一に吸われた乳房を自分で揉みしだき、先端を指でつまんだ。舌先でころころ転がしたり吸引したりされる時の感触を思い出すと、すぐに芯が熱くなってきた。肉茎でさんざん突かれ痛めつけられた花弁にもそっと手を当て指で探った。

キッチンでいきなり押し入れられたのが最も興奮した。敏樹とは、そんなシチュエーションでは一度も試したことがないし、最近は特に手抜きだ。流しに押しつけられてバックの姿勢で……と考えただけで息が荒くなってきそうだ。

彼が来るのはきょうで三回目だが、前回は友美が来て邪魔され最後までできなかったので、きょうが初ということになる。その割にはお互いよく知り合っている気がするが、あくまでも肉体的な部分だけだ。冴子が俊一に興味を持つのは体と、その体が行う性行為だけなのだ。

彼がしたように人差し指と中指を束にして花芯に挿してみた。彼のように思いきり深く挿しこめないので、入り口付近でちょこちょこと手を動かしてみた。俊一の手の感覚を思い出し、頭の中では汚れた指が性器を掻き回す様子を再現してみた。

「あっ、あっ、あっ……あふっ」

ベッドの上で身をくねらせ、思わず漏れてしまった声に自分で興奮した。

「あは〰〰んっ」

しばらく午後のまどろみを楽しんだ後、シャワーを浴びた。

熱いシャワーで俊一の匂いはすっかり洗い落とし、ミニスカートもしまって元の人妻に戻った。しばらくすると、「ただいまっ」という元気な声が玄関から聞こえた。

「おかえり、翼。ホットケーキ焼いてあげようか。食べる？」

「食べる、食べる」

返事を聞くと冴子はギンガムチェックのエプロンをいそいそとつけ、キッチンへと向かうのだった。


「ね、この店のウエイター、イケメン揃いでしょ」

友美は昼間から口にした白ワインのせいか、目つきがとろんとしていた。グラスワインをすでに三杯飲んでいるのだ。

「そうねぇ、確かに」

料理の皿を運んでくる、きびきびと立ち働く彼らは確かにみな若く、ルックスも良かった。港区の某所、昼下がりのイタリアン・レストランに来る客は、八割がた女性客だった。それも夫の稼いだ金で優雅にランチを楽しんでいる主婦たちが大半だ。

「私たちのテーブルについている子も悪くはないけど、私はもうちょっとワイルド系が好きなの。さっき隣のテーブルをサーブしていた子とか。ね、九條さんは？」

「うーん、私はそうね、案内してくれた黒服の方がいいかな」

「へえ、九條さんて、ああいうのがタイプなんだ。髭《ひげ》の人でしょ、渋好みね」

「しいて言えば、だけど」

「あらぁ、お好みがいなかった？」

「みんなハンサムだと思うけど、若い子はどうも……」

「見てるだけならキレイな方がいいじゃない。そりゃ、付き合うとなったら話は別だけどさ」

レストランで給仕してくれる男の顔の美醜など、冴子にはどうでもいいことだった。きちんとサービスしてくれるのなら見てくれは問題ではないのに、友美は店に入って店員が男であればすぐ顔に目がいくようなのだ。

一時に始めたランチはゆっくりとアラカルトを味わい、ワインも飲んで二時間近くが過ぎていた。ランチタイムは終わっていたが、引き続きティータイムなので客は途切れることなくやって来た。

「あ、ちょっと。デザートのメニュー、見せてもらえる？」

友美は、自分の好みのワイルド系に声かけた。彼はにこっと笑って軽く頷《うなず》くと、さっと踵《きびす》を返してメニューを取りに行った。

「あら、笑顔もいいわ」

「イタリアのサッカー選手みたいね」

髪が長くておしゃれな無精髭を生やし、体格もがっしりした彼はすぐにメニューを手にしてやって来た。

本日のデザートの説明を流れるような調子で長々としてくれたが、友美はほとんど上の空で彼の顔ばかり見つめていた。彼の方もそういった視線には慣れっこのようで、終始笑顔を絶やさなかったし時々友美をじっと見つめたりしていた。

結局、二人とも説明のあった本日のデザートではなく、友美はパンナコッタ、冴子はさっぱりとしたシャーベットを頼んだ。

「あ、私、グラッパ、いってみようかしら。ねえ、グラッパ、お願い」

「いくつか種類がございますので、ただいまお持ちします」

ウエイターは長髪をなびかせ一旦立ち去った。

「ネームプレートにＫＥＮＩＣＨＩってあったわ」

「名字でなくて下の名前で呼び合うのかしらね。何だか源氏名みたい」

「何だっていいわ、ケンイチね。覚えておこう」

「あの、グラッパって何のこと？」

「イタリアのブランデーよ」

「強いんじゃないの？　昼間から、大丈夫？」

「いいの、いいの。きょうは気分がいいから飲みたいんだ。飲み過ぎたって、タクシーで帰ってすぐベッドに直行すればいいんだもの。九条さんは翼くんがいるからすぐに夕飯の支度でしょ。私なんか、だーれも待っていないし、旦那は午前様だから気楽なもんよ」

友美の夫の坂下《さかした》と敏樹は部署は違うが、年齢では坂下の方が五つほど上で先輩だ。坂下の方が出世コースに近いのだが、そのことはあえて口にしたことはない。友美もそういったことは全く気にせず付き合ってくれるが、官舎の中では夫の地位を気にして人付き合いを限定している妻たちもいる。官舎を出ることもできないわけではないが、交通の便が良く格安な物件からわざわざ出ようとは思わない。この場所でこのグレードのマンションを借りたら確実に二倍以上の家賃になると思うと、多少人間関係がぎくしゃくしても我慢しなくては、と思ってしまう。

ケンイチがトレイに載せて持ってきたグラッパの中から、友美はひとつ選んで注文した。冴子はカプチーノで十分だ。

「ねえ、九條さんて、ボーイフレンドとかいないの？」

友美はグラッパの注《つ》がれたこぶりなグラスを弄びながら訊《き》いた。

「ええっ、そんな。いないわよ」

「ほんと？　ひとりも？」

「だって私、人妻でおまけに子持ちよ」

「でも私より若いし、綺麗なのに」

「年はふたつしか違わないわ。坂下さんこそ、お洒落《しゃれ》が上手だしセンスがいいし。私なんかもうおばさんよ」

「何言ってるの。九條さんほどミニスカートが似合う人妻、見たことない」

「きょうはそんなに短くないけど」

「そうね。でも時々、けっこう短いのはいてるでしょ。ジャケットの下にミニのタイトとか。

いいわよね。足がきれいだから」

「そんなことないわ」

「そんなきれいな足なら見せたくなって当然よ。九條さんの場合、ミニはいても下品にならないしね。私もそんな足してたら、うんと短いのはいて誘惑しちゃう」

友美はグラッパに口をつけながらケンイチを目で追った。友美は冴子よりは肉づきが良く、胸のサイズもかなりのものだ。やはり自慢なのか、いつもバストのラインを強調する服を着ていて、きょうもぴったりとフィットしたニットの襟ぐりから深い谷間をちらちらと見ることができた。

「坂下さんは、いるの？　ボーイフレンド」

「今はいない」

「じゃあ、前はいたのね」

「まあね」

「あの、その場合のボーイフレンドって、どういう関係のことを言うのかしら。映画見たり、食事したりするだけ？」

「まさか。今時は小娘だってあり得ないでしょ、そんな関係」

「それなら当然、肉体関係があるってことね」

「そういう質問をするってことは、九條さんはぜんぜんないんだ」

「ええ、まあ」

「じゃあ、話さない。軽蔑されるだろうし」

「そんなことない。興味はあるのよ。ただ勇気がないだけかも」

「ふうん」

「聞きたいわ。どんな人と、いつ頃？」

「ああ、でもきょうはちょっと話す気分じゃないな。それにもう、時間ないでしょ。九條さん、そろそろ翼くんも帰ってくるし」

「それならまた日を改めて、ね」

「そうそう、九條さんに訊こうと思ってたの。あなたのとこに来ている修理屋さん、紹介してもらえないかしら？　お宅、この間も来ていたでしょ」

「ええ、パソコンのプリンターが調子悪くなったから」

「うちも見てもらいたいもの、たくさんあるの。ね、感じのよさそうな人よね。若いし」

意味深な物言いに、冴子は途端に警戒した。

「あ、でも……あの人は、お店を通して来てるのよ。だから個人的に紹介することはちょっと」

「あらそうなの。どこの店？」

友美はきつい口調で訊いてきたので、隣駅の近くにある量販店の名を言った。俊一は個人でも修理の仕事をやっているが、もともとその店を通じてテレビの修理にやって来たのが最初だった。でも友美には紹介したくない気分だったのだ。

「じゃあ、そこで買えば彼に頼めるのかしら」

「だけど修理の人は何人もいるだろうから」

「九條さんのとこにはいつも同じ人なのね」

「ええ、一度直したテレビがまた調子悪くなったりしたから」

「そうなんだ」

いやに俊一にこだわっているので、少々嫌な予感がした。早くこの話題から遠ざかりたいので、冴子はさっさと財布を出した。

友美はケンイチの姿を見つけると、「お勘定をお願い」といった合図をして伝票を持って来させた。そしてお互い、自分の食べた分だけきっちりと支払った。

「ああ、飲みすぎちゃった。私、酔い覚ましにそのへんぶらついてから帰る。九條さんはもう帰らないとね」

「ええ。じゃあ、そのうちにまたいっしょにランチしましょう」

「そうね。今度は気が散らない店で、じっくりおしゃべりしたいわ。九條さんの話も聞きたいし」

「え、私なんか何にもないけど」

冴子は、友美に秘密を見透かされている気がしてならなかった。だが現場を見られたわけでもないので知られるはずはないのだが。いずれにせよ、俊一とは頻繁に会うわけにはいかないと思った。バレてしまっては元も子もないし、火遊びぐらいですべて失うことはできない。

帰り道、冴子はスーパーに寄って翼と自分の分の夕飯を作るための材料を買った。敏樹の分はない。彼は土日しか家で食事しないからだ。


「いってらっしゃい。忘れ物ない？」

まだトーストの切れ端を口にくわえたまま慌ただしく翼が出て行った。

敏樹も少し前に起きて支度をしているところだ。彼が八時過ぎに出て行ってしまうと冴子は七、八時間ひとりの時を過ごすことになる。その間、何をしてもどこに行っても自由だし、だれにも干渉されない。

「あら、きょうは早いのね。すぐ支度するわ」

冴子は、敏樹がテーブルに近づいて来たので、いつもより早く朝食をとるのかと思って言った。

「ちがうよ、ちょっと、こっち来いよ」

敏樹は強引に冴子の腕を摑んで寝室へ引きこんだ。

「なに？」

「たまには夫婦らしいこと、やらないと」

「ええっ、朝から？　時間ないでしょ」

「だからさっさとすませよう」

敏樹はすでにズボンとシャツを脱ぎ始めていた。

「だって、もし翼が帰って来たら」

「帰って来やしないよ」

「ほら、いつか、忘れ物取りに戻ってきたことがあったじゃない」

「ああ、あったな。俺、冴子の上にのっかって腰を動かしてたんだ」

「焦ったわよ」

「縮み上がったよ。出したり入れたりしていてもうすぐいくって時に、ドアごしに息子の声が聞こえたんだから」

「私だってびっくりしたわ。だって二人とも素っ裸だったもの」

二人は、翼が学校に出かけた直後にベットに戻って行為を始めていた。だがしばらくして翼は忘れ物を取りに帰ってきたのだ。あやうくその場面を目撃される寸前で何とかごまかしたが。

「あんなことがあるから、気は許せないのよ」

「じゃあ、冴子は全部脱がなくていいから、早く。ほら、もうこんなになってるんだ」

トランクスを下ろして飛び出してきた逸物はすっかり棒状に固まっていた。

「あらあら、どうしたの」

「朝立ちしてたんだよ。しばらくやってないだろ」

「でも私、生理が始まっちゃって」

「何だー、いいよ、だったら手と口で」

敏樹は少し失望したようだったが、ペニスを立てたままベッドに仰向けになった。

「しょうがないわね」

彼に手を取られて誘導され、冴子は肉杭《くい》にそっと手を当てた。固く、熱く、湿り気を帯び、脈打っている様子が掌《てのひら》に伝わってきた。

「フェラしてくれよ」

「ええっ、今、朝なのよ」

「朝しかセックスする暇がないじゃないか」

「んもう……」

だが、ここで下手に逆らって機嫌を悪くされてもまずいので、冴子は素直に従った。専業主婦で、家事と育児の義務はあるものの、残りの時間は夫が稼いだ金で気ままに過ごせるのだから、朝出がけのフェラチオぐらいサービスすべきだろう。

「ああ……いいな、やっぱり。気持ちいい」

敏樹は目をつぶってつぶやいた。ペニス以外はすっかり脱力して、大の字に仰向けになった。

結婚当初に比べると、少し贅肉がついて中年の体型に近づいてきた。まだ腹が出ている、というほどではないが、二十代の頃はもっと体全体が引き締まっていたのに。

冴子は単純に口で肉茎をくわえてゆっくり出し入れを繰り返すだけだったが、敏樹はうっとりして口を半開きにしていた。

「あ、だめだ。いっちゃいそうだ」

しばらくすると、彼は急に目を開けて冴子の頭を押さえた。

「どうしたの？　手でいかせてあげようか？」

「ん、まだいい。今度は別のとこ舐めてもらいたいから」

「え、どこ？」

敏樹が手で指したのは陰囊《いんのう》だった。まばらな毛に覆われたぶよぶよの肉の塊だ。

「ここ、タマ、舐めてよ」

「えー、気持ち悪い」

「ちょっとだけ。ぺろっと……」

そういえばまだ結婚する前、交際中の頃は敏樹とのセックスにも熱が入って、何でもしていた。体中を舐め回してあげたこともあるし、顎《あご》が疲れるほどフェラもした。求められれば何度でも応えたし、多少抵抗のある行為を彼が望んだ時にもできるだけ受け入れてやった。

しかし結婚生活も十年を超えれば、もう当時のような情熱はない。セックスはお務めだし、できるだけ早くすませてほしい。かといって夫が風俗に行ったりするのは許せないし、愛人などもってのほかだが。

冴子は俊一とのことを思い出しながら、肉袋を頰張《ほおば》った。とても口に入りきれないが、はぐはぐしているだけで敏樹は興奮するのだろう。

「なあ、ケツを見せろよ」

敏樹は冴子のパンティに手をかけた。

「だって生理なのよ」

「わかってる。別の穴があるじゃないか」

「見るだけよ」

冴子はするっと黒のショーツを下ろした。

「ああ、これがいい。下がダメでもこっちは使える」

「いやよ」

「またここにブチこませてくれよ。前に一度試したじゃないか」

敏樹は指でアナルを弄んだ。襞《ひだ》をいじったり、すぼまりを広げたり、人差し指を挿そうとしたりもした。

「ああ、こっちに入れたい」

「だめだったらぁ」

冴子はいきなりペニスを口に含むと強く吸引し、速いスピードで激しく頭を振った。このまま口の中でフィニッシュしたとしても、アナルに挿入されるよりはましだ。

「あっ、あああ……がまんできない」

敏樹は突然起きあがると、冴子の尻を後ろから抱えた。

「いやっ、やめて」

冴子が抵抗したせいか、彼は挿すよりも先に果ててしまった。ピンクのすぼまりの上からなすりつけるように、樹液がどくどくと注がれ汚された。

「ひどいわ、こんなところに出すなんて」

「冴子がじっとしていれば、突っ込めたのに」

「いやぁよ、痛いから、いやなの」

敏樹は枕元のティッシュで、丁寧に菊門をぬぐった。ついでに未練がましく指で軽くつついたりしていた。冴子のアナルは、夫のいい玩具なのだ。

「痛いのは最初だけだって」

「いやよ。お尻に突っ込まれるなんて、絶対にイヤ」

「ふん、いつかきっと……」

敏樹は唇の端で笑ってから、再び身支度を整えた。

そして十分もたたないうちに冴子は家の中でひとりになった。長い一日がまた始まる。

第二章　淫らな夢のあとで

「ええっ、主婦売春？」

「ちょっと、九條さん、しーっ」

思わず高い声をあげてしまった冴子を友美が制した。

「ああ、ごめんなさい。あんまりびっくりしたものだから」

冴子はアイスティーをひとくち飲んで息をついた。新しくオープンしたカフェは、ティータイムになっても混《こ》んでいた。

「どこの人かしら」

「青山の官舎らしいわよ」

「え、それじゃ、ご主人はかなりエリートじゃないの？」

「だから大変だったらしいわよ。奥さんの売春が発覚してすぐに離婚したみたいだけど」

「それってやっぱり、出世のさまたげになるんでしょうね」

「女房ひとり監督できない男が部下を従えていけるかっていうことになるんじゃない？」

友美は食べ終わったケーキの皿をテーブルの端に押しやった。

「売春て、どうやって？」

「そりゃ、出会い系よ。人妻は人気あるからね。相手なんかいくらでも。不自由しないわよ」

「お金をもらったら売春になるのよね。そんなに火遊びがしたければ、決まった相手を見つければいいのに、それじゃダメなのかしら」

「売春してるスリルがいいんじゃないの？　だってお金なんて困っていないはずだもの」

「ふうん、スリルねえ」

「あと、自分の体を売っているって、それだけで何か興奮するんじゃない？　何か、すこーしだけ理解できるような気がしないでもない。だって、知らない男とセックスしてお金もらうのよ」

友美は声は低くしていたが、瞳を輝かせ生き生きした表情で話していた。

「うーん、私にはよくわからないけど。でもそういう人もいるのかも」

冴子は友美の前ではあくまでも平凡な公務員の妻だ。

「それでね、どうやらその客の中にヤバイ人がいて、警察沙汰になっちゃって、それで旦那にもバレちゃったわけよ」

「ふうん、悪いことはできないものね」

「彼女、学校でPTAの役員とかもやっていて、官舎の中でもすごく評判のいい人だったらしいわよ。ちゃんとふたつの顔を使い分けていたのね。しっかり者の妻で、やさしくて頼れるお母さんで。でも昼間は娼婦やってるの。すごいギャップよね」

「ええっ、昼間、そういうことしてたの？　夜じゃなくて」

冴子はモンブランの最後のひとくちを口に運びながら訊いた。

「そうよ。だって主婦は夜、そんなに家を空けられないじゃない」

「じゃあ、昼間っからそういうことしているわけ」

「すごいやらしい下着とかつけて、旦那さんとは絶対にしないようなセックスするのよ」

「そういうのって、けっこうお金、もらえるのかしら」

「何よ、九條さん、興味あるの？」

「興味っていうより、ぜんぜん知らない世界だから」

「お金よりも刺激が欲しかったんでしょうね」

「そうか。刺激ねえ……黒くて透ける下着とか、つけていたんでしょうね」

「あら、黒くて透ける下着ぐらい、私だって持ってるわよ。たまにしかつけないけど」

「そう？　ご主人、さぞかし喜ぶでしょうね」

「主人？　主人なんて、ふふふ」

友美は意味深に笑った。夫に見せるためにつけるわけではない、と言いたげだ。だが冴子はあえて訊かなかった。ひとたび友美の浮気話に付き合うと、延々と聞かされそうな気がするからだ。

「でも、そういう生活って、ちょっとだけ興味ない？　売春は嫌だけど、ふたつの顔を持つのって面白そう。スリル満点ね」

「まあ、だれでも多少なりとも秘密はあるわけだし」

「へえ、九條さんの秘密、聞きたいな」

「そんな。わざわざ話すような秘密なんかないけど」

「ほんと？　どうかな」

友美はこの後、約束があるというので早めに別れた。

買い物してから家に帰ったが、きょうは翼の塾がある日なので夕方またひとりになった。翼と二人分の夕飯なので、たいして手はかからない。面倒な時はデリカショップで買ってすませることもある。

冴子は夕方の静けさの中でソファに横になった。少し頭痛がしたので目をつぶっていると、いつの間にかうとうとしてしまった。

友美から聞いた「主婦売春」という言葉が頭の中から離れなかったせいか、冴子はとても奇妙な夢をみた。

冴子は水の張った洗面器を両手で持ちながら、河川敷のようなところを歩いていた。冴子の後ろには、目には見えないが冴子を支配する男の目があって、彼の命令には絶対に逆らうことができなかった。

「ほら、水がこぼれるぞ。もっとゆっくり歩くんだ。いや、だめだ。立ち止まるんじゃない」

声が聞こえるたび、冴子は身がすくむ思いだったが従った。

冴子の下半身は異常に風通しがよかった。極端に丈の短いミニスカートをはいているのだが、生地がうすくその上ひらひらしたデザインなのだ。おまけにパンティはつけていない状態だった。

河川敷は風が強くてスカートは否応なしにめくれ上がる。だが冴子は両手で洗面器を持っているのでスカートを手で押さえることはできない。風を受けてふわっと舞い上がると、冴子の尻も恥部も丸見えになってしまう。しかも水をこぼすなと命令されているので早足で通り過ぎることもできない。

　河川敷には、地べたに座りこんだ風体の良くない若者たちや、段ボールハウスから出てきたような男たちが大勢いて、全員が冴子の下半身に注目していた。オスの本能を剝き出しにした彼らは、興奮して動物のような奇声をあげ、卑猥《ひわい》な言葉を次々に浴びせた。無理もない。強い風にあおられて冴子のスカートは全く用をなしていなかったのだ。尻の割れ目も、黒いデルタ地帯もほとんどあらわになっていた。

「いや……こんなこと、もういや」

　冴子は洗面器の位置を下へずらして前だけでも隠そうとしたが、怒鳴り声が聞こえたので元に戻した。

「お願いだから、もう堪忍して」

「ミニスカートが好きなんだろう。自慢の足を見せびらかして歩けばいいじゃないか」

「このスカート、短すぎるわ」

　泣きそうになりながら冴子は訴えた。地べたに寝そべって、秘部をのぞきこもうとする者まで現れた。

「おお、いい眺めだな。もっと股、開け」

「止まって、こっち向いてー」

「ケツ、突き出せよ。しっかり見てやるから」

「あー、あの尻にぶち込みたい」

男たちは、考えられるすべての語彙《ごい》を使って冴子を罵倒《ばとう》し、欲望をあらわにした。中には冴子の姿を見ながら、ズボンの中に手を入れ逸物を手でしごき始める者までいた。露出狂のように、勃起したペニスを見せつけている者も何人かいた。

「ああ、こんなこと、堪えられない」

「男たちがお前を見て興奮してるぞ。気分がいいだろう」

「良くない」

「お前は根っからのスキ者だからな」

するとと突然、ひとりの若者が冴子の腰に向かって飛びかかってきた。思わず洗面器を落としてしまうと、今度はその手を別の中年男が摑んで押さえつけた。

「やめて。何するの」

「もう我慢できないんだよ。ま○こ見せつけられてさ」

「いやいやっ、放して」

「お前もヤリたいんだろ。たっぷり相手してやるよ」

「ちがうっ、だから放して」

冴子は納屋のような粗末な小屋の中に引きずりこまれた。

ゴザを敷いただけの簡単な寝床の上に乱暴に押し倒されると、二人の男に両手両足を押さえつけられた。

「ああっ、助けて」

冴子は身をよじって抵抗するが、逆にブラウスまで引き裂かれ乳房も丸出しになってしまった。

「ほらっ、これを食らえよ」

若い方の男がぶかぶかのジーンズの中からペニスを取り出した。そそり立った肉柱を必死で歯を食いしばる冴子の口に押しつけてきた。

「おとなしくしゃぶれよ。欲しかったんだろ。あんな格好で歩いてたんだから」

「ううっ、うぐ……」

わずかに口を開けると、ぐいぐいと肉棒がねじこまれあっという間に喉奥《のど》まで達した。

「おお、全部入ったぞ。しっかりしゃぶれ。おらー、おっさんも早くやっちゃえよ」

「いやあ、何年ぶりかでま〇こ拝んだもんだから。すぐにはもったいなくて」

中年男はうす黒く汚れた手で花弁を不器用にまさぐった。ちぢれ毛や軟らかい肉唇を指で弄んで感触を楽しんだ後、フリルをめくって壺口を見つけた。

「早く穴にぶちこんじゃえよ」

「あったぞ、ここだ」

だが男は節くれ立った茶色い指を裂け目に押し当ててゆっくりと挿入した。指が女穴にずぶずぶと飲みこまれて消えてゆく。

「んっ、んんん……」

冴子の口は塞《ふさ》がっていたのでうめき声しか出ないが、しっかりとその様子を見つめていた。

「おお、いい感じだな。中はあったかくてぬめぬめしてるぞ」

「突っ込んじゃえっ」

男は若者にせかされて汚れたズボンを下ろした。すり切れた下着の中から半分ようやく立ち上がったペニスが顔を出した。

「へっ、おっさんまだそんなじゃ、使い物にならないぜ」

「ああ、何しろもう年だし、女なんて久しぶりだから」

「じゃ、しゃぶってデカくしてもらいな。俺はもう出したいんだよ」

二人は場所を交替し、冴子はどす黒い皮膚と饐《す》えた匂いのする肉杭を口にくわえさせられた。目は閉じ息も止めたまま、無抵抗にされるままになった。力の抜けた股を押し割って、若者が男根を突き立ててきた。ゆっくり、着実に深く挿したかと思うと、いきなりスピードを上げて出し入れした。その振動で、体ががくがく揺れ、乳房も震えているのがわかった。日焼けか汚れかわからない茶色い手が白い乳房をわしづかみにし、こねるように揉み上げた。

「ああ、おっぱいも、やわらかい……」

男は感心したようにつぶやいた。

「おっ、おっ、出そうだ。おっさん、すぐ代わるからな」

若者は射精をすませてしまうと、すぐに場所を譲った。中年男はしばらく冴子の股をのぞきこんでいたが、やがてゆっくりと逸物をインサートさせた。

「あああ、天国だー」

いきなり冴子の胸に突っ伏して、乳首を吸った。子犬のようにぴちゃぴちゃ舐めたかと思うと、強く吸いついたりした。

「おっさん、そろそろ終わらせないと外の連中が騒いでるぞ。この変態女とヤリたい奴らが大勢待ってるんだから」

「ああっ、あっ、あっ、あ……」

ほんの数回、緩慢に腰を動かしただけでフィニッシュし倒れこんでしまった。体全体が冴子の上に乗ったので、ずしりと重く熱い息が耳元に感じられた。

「ね、すごい夢でしょ。あんなの初めてだわ。目が覚めてからもどきどきしてたぐらい」

しなやかな革張りの、上等なソファに腰をかけた冴子はバスローブを身につけていた。

「きっと昼間聞いた主婦売春の話が、頭に残っていたんだわ。でなければあんなすごい夢みないもの」

冴子が夢中で話している相手、沢田英之《さわだひでゆき》は大型のスケッチブックを用意してきた。

「君のみた夢は主婦売春なんかより遥かに刺激的だよ」

「あら、主婦売春の話の時も変態プレイとかＳＭとか、普通の主婦にはけっこう刺激的だったのよ」

「その夢に君の願望が反映されているんじゃないのかな」

沢田はソファの前に椅子を持ってきてそこに座り、煙草に火をつけた。

「そんなー。あり得ない。だって、あれは明らかにだれかにお仕置きされていたのよ。姿は見えないんだけど、後ろから声がしてさせられているの。水の入った洗面器を落とさないようにするために、スカートの裾は押さえちゃいけないのよ。でも風が強くて舞い上がるもんだから、アソコが丸見えになって。夢の中なのにもの凄《すご》く恥ずかしかった。男たちはじろじろ見るし、すごく卑猥なこと言うし」

「それこそ君の望むことじゃないか」

「ええっ、冗談じゃないわ。それにレイプまでされて」

「さぞかし興奮しただろうねえ」

「まさか、何を言うの。汚らしい男たちと無理やりさせられて、興奮なんかするもんですか。私、必死で抵抗したのよ。だってすごく気持ち悪かったし嫌だった」

「夢の中のことだろう……」

沢田は唇をゆがめてにやりと笑い、煙草をもみ消した。

「さあ、始めるぞ」

その言葉にはじかれたように、冴子は立ち上がってローブの紐をほどいた。白いローブがはらりと床に落ちると同時に冴子の全裸の肢体があらわになった。

「ちょっと痩《や》せたかな」

沢田はいろいろな角度からじっくりと冴子の全身をチェックした。手足はほっそりと長く、特に足の線の美しさは日本人ばなれして見事だが、くびれたウエストに続くヒップは人妻らしく丸い曲線を描き、乳房も適度なボリュームに実っている。

「少し前に風邪ひいて食欲がなくて、一、二キロ減ったかも。わかる？」

「わかるとも。冴子の体のことなら何だってわかる」

冴子は沢田の前で全く恥じらう様子はなかった。全裸でいるのが当然のように肌をさらしている。

彼は冴子をソファに座らせていくつかポーズをとらせた後、スケッチを始めた。

「十八の時からだから、もう十六年になるわね」

「長いな。ひとりのモデルをこんなに長く使ったのは冴子のほかにはいないよ」

「みんなすぐに辞めるんでしょ」

「ああ、彼氏ができると辞めるな」

沢田は、冴子が通っていた女子高の美術教師で自身も絵を描いている。冴子が高校卒業と同時に、モデルになってくれないかと沢田に頼まれ、軽い気持ちで引き受けたのが始まりだった。最初は着衣の姿だったが、次に下着になり、やがて少しずつ肌を出すようになっていった。

「裸になるって、やっぱり抵抗あるもの」

「君は初めて片方だけおっぱいを出した時、恥ずかしさのあまり泣いたんだよな」

「すごく恥ずかしかったけど、でも先生に頼まれたから……」

「あの頃の冴子は本当にきれいだった。でも処女じゃなかったんだよな」

「ほとんどヴァージンみたいなものよ。それまで二回しかセックスの経験なかったもの」

「ま、三回まではおまけして処女だっていうし。お前さんも、苦労したなあ。やたら恥ずかしがるし、体が固くて」

「実はね、セックス、最後までちゃんとしたのは先生が初めてだったの。当時のボーイフレンドとは、最後までいかなかったのよ。私が拒んだっていうか、とにかく物理的に入らなくて」

「デカかったのか」

「そうね、後から思えば。ずいぶん苦労して先の方だけ入れたけど、それ以上は無理で。結局、入れる前に外に出しちゃったりして。そんなことが二回続いたの。その後、捨てられちゃった。だからもしそのボーイフレンドとうまくいっていたら、先生のモデルになることもなかったと思う。あの頃の私、かなりヤケになっていた」

「何だ、そうだったのか。そんな話は初めて聞いたぞ」

沢田は思わず手を止めスケッチブックから顔を上げた。

「ふふふ、ずっと隠しておくつもりだったんだけど。何か、言いたくなっちゃった」

冴子が笑うと、裸の乳房がぷるぷると細かく震えた。

「じゃあ、俺が冴子の初めての相手だったんだな、実質的には」

「そう、実質的にはそういうことになるわね」

「初貫通、だもんな。どうりで狭かったはずだ」

「けっこう苦労してたわよね」

「初めて杭を打ち込むんだから無理もないな。ずいぶんきつかったぞ」

「そんなこと、いちいち覚えているの？　私以外にもいろんな子をたくさーん、抱いたでしょ」

裸婦しか描かない沢田は常にモデルを探している。彼のお気に入りはだいたい一定のパターンがあるのだが、それを探し出すために女子高に勤務していると言ってもいいぐらいだ。よく問題にならないなと思うのだが、生徒に声をかけるのは卒業間際だし、時々学校を替わっているのでバレにくいのだろう。それに無理やり脱がすようなことは絶対にしないし、辞めたいと言い出した時にはすんなり手放すようだ。恋人ができても結婚しても、出産してもモデルを辞めなかったのは冴子ただひとりなのだ。

「俺はモデルをやってもらいたいわけで、セックスの相手を探しているんじゃないよ」

「わかってるわ。でもこっちは全裸だもの。何となくそういう雰囲気になるのよ、自然に」

「裸で見つめられているうちに、その気になってくるみたいだね。終わる頃にはたいてい、抱いてほしいような素振りを見せるんだ。中には、指一本も触れていないうちからアソコが濡れて、ソファにシミをつくった子もいたな」

「いやだ、そんなに。いやらしいポーズとらせたんでしょ」

「うむ、顔がいまひとつだったから、股を開かせた。そうしたらデッサンが終わると同時に俺に飛びかかってきて、ズボンを下ろして股間にしゃぶりついたさ」

「まあ、激しいのね」

「しかしその子は二回しか続かなかったね。怖そうな男がバックにいたから早々に切れたよ。モデルなんかしていることがバレたら、こっちまでヤバくなりそうだ」

「いろいろあったのねえ」

「ああ、女の裸ひとすじだから。冴子だけで何枚描いたかな。枚数はいちばんのはずだよ」

「ほんとに？　私がいちばんなんだ」

「そりゃあ、十六年もモデルやっているんだから。もう女の歴史を刻んでるよ」

「私、いつまで続くかなあ。いくら何でも四十になったらモデルになれないわよね」

「そんなことはない。四十なんて女盛りじゃないか。それよりお前さんがいいかげん嫌になるだろうよ」

「ううん、私は先生が描きたいって言ってくれる限りはモデルになるから。でも、年とっちゃってだいぶ体に自信がなくなってきたけど」

沢田はスケッチブックを置くと立ち上がって壁ぎわの棚の方へ向かった。そこで何やらファイルを取り出してきた。

「ほら、見てごらん。これが冴子の歴史だよ」

彼はデッサンのために、同じポーズで写真も撮ることにしている。そのファイルにはかつて撮影したモノクロ写真が収められていて、十八歳の時からつい最近までのたくさんの冴子が写っていた。

「あらやだ、若い。でもちょっと太ってない？」

「処女太りかな。ぽっちゃりして可愛かった。ほら、胸もこんなに」

「すごい、パンッと弾《はじ》けそうな胸してる。ぴちぴちの十八歳ね」

若い冴子は白い薄物のブラウスを素肌に身につけ、片方の乳房だけあらわにしていた。たわわに実った新鮮な果実のような胸で、乳首はごく小さく勃起もしていなかった。とても恥ずかしくてカメラ目線はできず、そっぽを向いているのだが、それがかえって色っぽいと沢田に言われたのを記憶している。ソファに後ろ向きで横たわり、ヒップを見せているカットもあったが、固く引き締まってはいるが堂々とした臀部だった。

「いやあね、大きなお尻を強調しているポーズだわ」

「うむ、まるで印象派の絵画だな」

「あら、こっちはだいぶスリムになってる。一、二年で痩せたのね」

「セックスを覚えてからどんどん余計な肉がなくなって締まってきたんだよ。でもほら、胸はちゃんとあるし、ヒップも適度に大きいだろ。おっぱいは男に揉まれると確実に成長するからな。尻だって、ペニスを受け入れて振動に堪えられるようにどっしりしてくるんだよ。おお、堂々としてるな」

冴子の変化は一目瞭然だった。沢田からセックスを仕込まれていくに従って、ポーズも大胆になり恥毛や性器の一部を見せているカットまであった。彼は、冴子が他の男と付き合うことを全く禁止しないので、同年代の大学生とも付き合っていた。どのボーイフレンドとも長続きしなかったのは、沢田と比較したからだろう。二十歳近く年上の沢田の気を惹《ひ》くために、若い男と付き合っていた時期もあるぐらいだ。

「ん、これはもう婚約していた頃じゃないか？　表情に迷いが出てきた」

「あ、本当ね。そう、時期的にも九條と交際していた頃だわ」

「相変わらず色っぽいし、いい体してるな」

九條敏樹とは、友人のパーティーで知り合ったが、付き合い始めて割合すぐに結婚を前提とした交際に発展した。モデルは続けていたが、既婚者の沢田とは結婚できないのがわかっていたし、敏樹は相手としては申し分なかったので求婚には応じた。何の障害もなく、とんとん拍子に結婚話は進んでいき、冴子は二十三歳の若さで敏樹の妻になった。

「ほら、これが独身最後のショットだ。すごいね。もうヤケだな」

「先生が指定したポーズしかとらないわよ。私が考えたんじゃない」

冴子は股を広げてカメラの前に性器をさらし、挑戦的な顔でこちらを睨《にら》みつけていた。

「結婚して、もう来なくなるだろうと思ったら、半年もしないうちにやって来たな」

「ええ、そう。結婚て案外退屈だし、人妻になった私も描いてほしかったから」

「ヤリすぎで痩せてたな。新婚だから毎日セックスしてたんだろう」

「そうよ。夜遅くてできない時は朝、起きてからやってたわ。せっせせっせと。でもあの人とのセックスは単調なの。工夫がないんだもの」

「だからここに来た時は大胆になったんだな。ほら、これなんか、自分からポーズとったんだぞ」

「いやだぁ、すごい格好、恥ずかしい。きっと先生に言われたのよ」

「いや、それはない。俺は四《よ》つん這《ば》いになんかさせてないぞ」

冴子は四つん這いになって尻をカメラに向かってぐんと突き出していた。小さなすぼまりもめしべも剝き出しで、まるで何か別の生き物のように複雑な様相でさらされていた。開いた両足の間から、重たげに下がった乳房が見えていて、うつろな表情の冴子がこちらを振りかえっていた。

「こんなあられもない格好じゃ、絵は描けないからな」

「でも写真を撮られて興奮したのよ。写真のモデルだけでもいいくらい」

「おいおい、写真は記録のためだけで、俺の本職は画家だからな」

「教師もやってるでしょ。目的はかなりよこしまだけど」

「生活のためだよ」

ファイルをめくっていくと、妊娠中に撮った写真も出てきた。沢田は妊婦姿の冴子もしっかり記録に残している。腹部が異様に膨れて、胸もむくむくと大きくなって乳輪は広がり、以前の冴子からは想像もつかないような体に変化していた。

「こっちは産んだ後だ。胸がすごいな。まさにミルクタンクだ」

「ええ、時間がたつと浸み出していたものね」

「ああ、おっぱい揉んだらピューッと母乳が出た。あんなの初めてだよ」

沢田は妻はいるが子どもはいないので、妊婦の裸や産後間もない女の体を見るのも初めてだったようだ。

「ふふっ」

「しかしよく続けて来たな。すぐに来なくなるかと思ったんだが」

「先生が私を必要としている限りはモデルはやめないわ」

「じゃあ、この先もずっとだ」

「おばあさんのヌードを描くの？　趣味悪すぎ」

「俺はその頃、車椅子だな」

　冴子が沢田のモデルとして頻繁にこのアトリエを訪れていたのは最初の三年間ぐらいだったが、その後も年に二、三回ぐらいの割で訪れるようにしていた。午前中から行って夜まで帰らないのだが、そのくらいの頻度なら夫がいてもばれない。

　遠くに住んでいる友人に会うという口実で息子は実母に預け、家事や育児のことは一切忘れて冴子は結婚前の「女」に戻るのだ。浮気をするといろいろ面倒だし、万が一相手に本気になられても迷惑だが沢田ならそういった心配はいらない。適度にスリリングな関係だし、女の部分を全開にできる貴重なチャンスだ。たまに裸を見せる、というだけでシェイプアップは欠かせないし、肌の手入れも怠らない。若い俊一と関係を持つのも、常に刺激を感じていたいからだ。そうでなければ退屈な毎日を夫と子どものために生きる、ただの社宅の人妻になり下がってしまう。趣味や習い事に精を出すのもいいだろう。パンを焼いたりフランス語を習ったり、ヨガ教室に通ったり……だれにも迷惑をかけない立派な趣味だろうが冴子には暇つぶしにしか思えないのだ。しかしそうかといって、友美のように金銭にものを言わせて若い男を物色し遊び歩く……そんな「欲望が服を着て歩いている」ような中年女にもなりたくない。

冴子が最も興味を抱いていることは、いくつもの自分の顔を持つこと、なのだ。夫と息子が留守している昼間の七、八時間……何と長い時間だろう。この時間を持て余すことなく浪費するわけでもなく、有意義に使いたいだけなのだ。

沢田の存在はもちろん敏樹には内緒で、モデルのことも一度も話したことはない。十八歳の時に初めて関係した男とまだ続いていると知ったらさぞ驚くだろう。しかも頻度は少ないとはいえ定期的に会っているし、モデルとして夫の前で見せたこともないような姿もさらしているのだ。

離婚の危機でもないかぎりは、沢田とは別れたくないと思っている。二十歳近くも年上、ということもあるが、彼と会うと安らぐし、とても若い頃からの付き合いなので、すべて理解してもらっているという安心感もある。年月の割に会った回数は少ないが、文字通り裸の付き合いなので何も取り繕わないですむし、まるで掛かりつけの医者のような存在なのだ。

「じゃあ、ちょっと一休みするかな」

沢田はスケッチブックをぱたんと閉じると、眼鏡をはずし椅子から立ち上がった。

「ローブ、着た方がいい？」

「いや、そのままでいいよ」

冴子はソファに座ったまま彼を待った。そしてそれがまるで当然のように、彼は全裸の冴子を抱き上げて隣の部屋に向かった。

「大丈夫？　重いでしょ」

「平気だよ、このくらい」

「慣れてるものねえ」

アトリエに続くベッドルームは、ダブルベッドと小さなサイドテーブルしか置かれていない簡素な部屋だった。自然の光が存分に入ってくるアトリエとはまるで異なり、遮光カーテンで閉ざされて暗くベッドリネン類も黒っぽいカラーで統一されていた。

シーツの上に冴子の体が投げ出された。肌の白さと体の線が際だつ黒いシーツの上に横たわった冴子はもうモデルではなく、生身の女として彼を見上げていた。

「もう、したくなったの？」

「したくなったのはお前さんの方だろう。全身で誘っていたぞ」

沢田は素早く衣服を脱ぎ捨て、冴子の上にのしかかっていった。

「普通にポーズをとっていただけよ」

「じゃあ、何だ、この足は」

冴子はすでに膝をゆるめて沢田を受け入れる体勢になっていた。いつ挿入されてもいいように腰まで浮かせていたのだ。

「手間を省くためよ」

だが彼は両手でこねるように二つの乳房を押し揉んだ後、いきなり両膝を抱えて大きく割り開いた。

「ほら、もう濡れまくってる。自分の写真を見ているうちに興奮したんだろう」

「昔を思い出したのよ。ずいぶん若かったなあって」

沢田はベッドサイドのスタンドを点《つ》けると、指で器用に花弁を広げて植物の観察でもするように覗《のぞ》きこんだ。

「冴子お前、このごろ男がいるだろう」

「え、どうして？　いないわよ、そんなもの」

「俺にはわかるんだ」

「そんな。アソコに書いてあるの？」

冴子は肩で笑ったが、沢田はじっくりと裸体を眺めて薄い掌で体中を撫でまわした。

「前とは肌の艶が違う。若い男の精液にでも触れたんだろう」

「そんな……ただエステに行っただけよ」

冴子は目をつぶったままつぶやくように言った。

「いや、お前のエステは男とのセックスに決まってる」

沢田はいきなり広がった花弁に顔を突っ伏して口をつけた。冴子の体が一瞬びくんと震えたが自ら膝を開いてその間に彼の体を受け入れた。

「あっ、あああ……」

彼の舌は繊細にかつ大胆に女肉を這《は》いまわり、襞と襞の合間をなぞり小さな突起をつつき、壺口にたどり着くと舌先をねじこんできた。

「ひいっ、や、やめて」

「ふん、本当にやめたら、もっとやってとせがむくせに」

「だってぇ、感じすぎちゃう」

「まるで洪水だぞ。汁で溢《あふ》れかえってる……どれ、全部吸い取ってやろう」

彼は派手に音をたてて女壺から染み出すジュースをすすった。沢田こそ、女の裸を描きながらエキスも吸い上げて精力の元にしているのだ。

「こりゃ、とても吸いきれないぞ。あとからあとから、露が溢れてくる」

「はあんっ、もっと口でして」

「ほらほら、欲張りが。いい格好をしてるぞ」

冴子は腰を浮かせ、両足をこれ以上開けないぐらいほぼ百八十度に開脚して彼の舌をねだった。

「ねえ、じらさないでよ。冴子、がまんできないの」

甘えた口調で自分のことを名前で呼びながら身悶《みもだ》えした。

「クンニに飢えているな。あんまりしてもらってないんだろう」

「はあっ、いいから、早くぅ」

夫の敏樹には最近ずっとしてもらっていない。フェラをしてあげているのだから、せめて義理ででもお返ししてほしいと思っているが、自分からはリクエストできない。冴子の女壺には濃い蜜液がたまってとろりと今にも流れ出そうになっている。

沢田は舌を突き出してぺろりと犬のようにすくい上げ、味わった。冴子が雌犬のようにく〰〰〰んっと鼻を鳴らす。ぽってりと厚めの唇の隙間から熱くて甘い息が漏れてきた。

「もっと、してほしいことがあるんだよな」

彼は冴子の表情を窺《うかが》いながら、尖らせた舌先で女蕾《にょらい》をつついた。

「ひっ、ひいっ〰〰」

突然、冴子は全身に電流が走ったか何かのように頭をのけ反らせ、体を硬直させた。

「ふんっ、感じてるな」

冴子のこのような反応などもう見慣れているのか、彼はひややかに観察し、そして再び舌でなぶるように肉芽を刺激した。

てきた。

股ぐらに顔を埋《うず》めながらも器用にズボンを下ろした沢田は、ようやく逸物を女穴に突き立
大きく顔を歪《ゆが》めた冴子は声も出ないといった様子でただ引きつっていた。

「あっ、あっ、あっ」

「ん……？　どうだ、こいつは良くないか？」

沢田は緩慢に腰を上下させゆっくりとしたスピードでピストンした。だがうまくツボを突いているのか、冴子は大げさに反応し、派手に声をあげて泣いた。

「はっ、はっ、はあ〰〰んっ、はあっ、はあ〰〰」

「きょうはまた声がデカいな。そんなに感じてるのか」

「だってぇ、気持ちいいんだもの、あんっ、あは〰〰〰〰」

ついに冴子は自分から腰を使い、沢田の動きに合わせてくいくいと腰を振った。

「おお、腰まで振って。そんなにいいか」

「もっと、もっと激しくぅ〰〰」

「うむ、そのよがり声がたまらない」

沢田は上半身を起こして体勢を整えると、両足を抱え込み一気に打ち込みにとりかかった。

痩せた尻はさすがに五十過ぎの年齢を感じさせたが、激しく上下するその動きは青年と変わ

らない力強さがあった。

「あっ、ああ……いっちゃう」

「もうクンニだけで何度もいっただろう。欲張りな女だな」

「だって……やっぱり、この入ってる感じが好きなの。はあ〜〜〜んっ」

「おお、こっちもイキそうだ」

冴子が一段と高くいなないたその瞬間、沢田の腰がぴたりと止まった。

冴子と沢田は早めの夕食をとるために外出した。目的のレストランは歩いてすぐの場所にあるが、散歩も兼ねてわざと遠回りすることにした。

あたりは都内の喧噪《けんそう》からは離れた緑の多く残る場所だが、近くに新興住宅地ができたので適度に人通りがある。ちょうど夕方で、仕事を終えた建設作業員らが現場を引き上げるための支度をしていたり、トラックに乗りこんだりするところに出くわした。作業着姿の男たちのほとんどが冴子に視線をやった。中には振り返ってじろじろ見たり、ヒヒヒッと下品に笑い合ったりしている者もいた。

彼らの反応は全く無理もないことで、冴子は今どきの女子高校生がはくような極端に短いスカートをはいていたのだ。それは事実、どこかの高校の制服のスカートで、なぜかアトリエにあったのだ。グレーのプリーツスカートだが、本来はさほど短い丈ではなかった。冴子にはウエストのサイズが大きく、何重にも折り返してその短さになったのだ。もちろん短くしたのは沢田だ。

冴子がはいてきた小さな白のパンティは、沢田に取り上げられてしまったので、超ミニの下はノーパンの状態だった。その格好のまま、冴子は外出することになった。風は強くないけれど、少しでも冴子が体を前に屈《かが》めただけで尻の割れ目が見えてしまうほど短い。

沢田は連れと思われないように、少し離れて歩いていたので冴子は男たちの視線を一斉に浴びた。剝き出しになった素晴らしい足の線に目を走らせた後は、みなスカートの下が見えないかと首をひねったり、またはその中の様子を想像したりしているのだ。まさかノーパンとはだれも思わないだろうが。冴子は彼らの好奇の視線を避けるように伏し目がちで歩いていたが、万が一にも裾がめくれたりしないか気が気でなかった。

人通りのない場所に来ると、沢田はステッキがわりに持参した傘の先を使っていきなりスカートの裾を持ち上げた。

「いやっ、何をするの」

「お前さんのかわいいお尻が急に見たくなったもんでね」

「こんなところでやめて」

「こんなところだから見たくなるんだ。外歩きの最中にスカートめくりなんて、ガキの頃を思い出すなあ。もっとも当時はめくったって白いパンツが見えるだけで、黒い毛の生えた三角地帯なんか想像したこともなかったけどなあ」

「いや……お願いだから、もうやめて」

「お前さんが夢にみたことを実行してやっているんだよ。ひらひらのスカートでもないし、強い風が吹く河原でもないけどな。夢の方がよっぽど凄いぞ」

「あれは、ただの夢よ」

「いやいや、夢は願望なんだ」

彼は、傘の柄のカーブした部分を使ってプリーツスカートをまくり上げた。冴子の形のいいヒップが丸見えになった。

「あ、人が来るわ」

「大丈夫。前からは見えないから」

「家もあるし、どこに視線があるかわからないわよ。だからもうやめて」

前方からやって来たサラリーマン風の男は、ずっと手前から冴子のスカートに注目していたが、すれ違いざまに振り返ったところびっくりした顔をした。沢田が傘の柄でいたずらした箇所がきちんと戻らず、まくれたままになっていたのだ。尻の割れ目が顔をのぞかせていたので、男はぎょっとして再度冴子を見た。冴子は泣きそうな顔のままで裾を直し、何事もなかったように歩き続けた。

やがて二人は小ぎれいなレストランに入った。案内したウエイターもやはり、冴子の短すぎるスカートに注目していたが、沢田が紳士的な態度だったし冴子もスカート以外の身なりには特に問題がなかったので席に案内された。

四人掛けの席に向かい合って座った。若いウエイターが冴子の椅子を引いて座らせた時、剝き出しの太股に視線が釘づけになった。座ってさらに持ち上がったスカートの裾から、黒々とした箇所が一瞬見えたからだ。冴子は頰を桜色に染めてうつむいた。

二人は皿数の少な目のコース料理をオーダーした。冴子は白いナプキンを膝に載せたのでもう下半身は気にならなくなった。料理は美味で、食事は静かに進んでいった。

メイン料理が終わる頃になって、冴子はふいに膝に何かが当たるのを感じた。はっとして下を見ると、先に食べ終えた沢田が傘の柄を冴子の膝の隙間に差し込んできている。あわてて膝を閉じようとしたが、すでに奥まで達してカーブした木の柄の部分が股間に当たっていた。

「ねえ、こんなところで、やめてよ」

冴子は魚料理を口に運びながらウエイターの目を気にしながら低い声で言った。

「ここ、刺激されるの好きじゃないか？」

「何も今、ここで……」

沢田は鼻で笑いながらぐりぐりと押しつけてきた。ちょうど肉芽を直撃し、ぴたりと膝を閉じるとますます食い込んでくる。

「や、やめて……」

「どうした。最後の一口が食べられないじゃないか」

「だって、もう……」

冴子の膝はすっかり緩んで沢田にされるままになっていた。

「赤い顔してるぞ。このくらいのワインでもう酔っぱらったのか？　それとも何かほかのことで……」

沢田は話しながらも傘の柄を巧みに操り、冴子の秘部をつついたり押したりして刺激した。

「ああ、やめてよ」

涼しい顔で白ワインを飲み干した沢田のところへウエイターがおかわりを注ぎにやって来た。

「おっと、いけない」

沢田は手がすべったふりをして、冴子の前に置かれたデザートスプーンをわざと床に落とした。ウエイターがスプーンを拾うために腰をかがめたその瞬間、沢田は白いテーブルクロスを傘の柄でまくり上げたのだ。スカートの裾が大きくめくり上がった冴子の股間がさらけ出された。

「拾ったかな」

「は、はい」

スプーンをテーブルにのせた後も、ウエイターの視線はまだ下にあった。冴子は料理がまだ残った皿に顔を向けてうなだれていた。

「彼女、食べないみたいだから、もう下げていいよ」

「あ、はい。かしこまりました」

若いウエイターはあわてて皿を片づけ始めた。

「ふんっ、あいつの股間、見たか？　ずいぶんと突っ張ってたな、ははは」

「ひどい人ね」

冴子は我に返ったように、傘を足で蹴った。

食事が終わり会計をする時になって、沢田は例のウエイターに「足が悪いのでタクシーを拾ってきてほしい」と頼んだ。雨は降りそうもないのにステッキがわりに手にした傘が説得力があった。もちろん沢田は足など悪くない。

ウエイターは、店長らしい男性に断りを入れてから店の外に出た。すぐに沢田も続いて出たが、ウエイターを呼び止めて何やら話している。やがて沢田に呼ばれて冴子は二人に近づいたが、ウエイターの視線が先ほどと変わっているのに気がついた。

「そっちへ早く」

「本当にいいんですか？」

沢田は店の真裏に当たる、ちょうど厨房の勝手口の近くに二人を手招きした。レストランの敷地と隣の建て物との間の狭い空間は、空いた段ボールやゴミバケツなどが雑多に置かれていた。隣の境はフェンスで区切られているが人の気配は全くなく、時折厨房からの声が漏れてくるぐらいだった。

「ねえ、どこへ行くつもりなの？」

冴子は沢田の顔を見上げて訊いた。すると彼はウエイターに無言で指示を下したのだ。

ウエイターはいきなり冴子を背後から襲い、フェンスに押しつけ下半身に手を伸ばした。もともとパンティははいていないし、スカートは極端に短いのですぐに剝き出しの尻に手をかけることができた。

「あっ、何するの……放して」

「おとなしくしなさい。騒ぐとだれか来るぞ。それとも見られたいのか」

「こんなところで……いやっ、やめてっ」

「彼をあんなに刺激させておいたんだ。何とかしてやらないと、彼だってつらいんだぞ」

彼は片手で手早くズボンのベルトをはずし、ファスナーを下げ下半身を冴子の腰に押しつけた。

「やめてぇ……」

冴子は必死でフェンスにしがみつき、彼の攻撃を躱《かわ》そうとしたが、いとも簡単に冴子の下半身は捕らえられてしまった。

彼は背後から押し入ろうとしたが、焦っているのかすぐには命中せず、先端をあちこちに押しつけてきた。生暖かく湿った感触がひんやりと冷たい冴子の尻肉に触れた。やがてぬるりっと肉杭が打ち立てられた。いきなり深いところまで挿されたので、冴子は身動きできなくなってしまった。

「はあー、入った」

「ゆっくり楽しんでくれよ。まあ、君も仕事中だし、そうもいかないだろうけど」

体格のいい彼の腰が冴子の細い体をぎゅっととらえ、猛烈なスピードで打ち込んでいく。

まるで機械仕掛けのおもちゃか何かのような単調だが着実なリズムで繰り返した。冴子は歯を食いしばり、フェンスに顔を押しつけて必死で踏ん張った。沢田は少し離れた場所からそんな二人の様子を腕組みしながら眺めていた。

「うっ、うう……早く、終わらせて」

冴子は呻くように言ったが、彼のピストンは容赦なく続いた。動きに合わせてフェンスがキーキーと耳障りな金属音をたてた。

「椅子に、シミがついてたんだ……ちゃんと見たぞ」

「し、知らないわ」

「テーブルの下で何してたんだよ。アソコが濡れるようなことしたんだな」

「……私は、何もしてない」

「パンティもはかずに、こんな短いスカートで、アソコを見せつけて……変態女だな」

「私がしたんじゃないわ」

「よく言うよ。あんた、させたがりの女だってね」

沢田がそう言ってウエイターを誘い出したのだろうか。冴子は涙目で彼の方を見たが、沢田は知らん顔で煙草をふかしていた。

「ああっ、もう限界だ。出るっ」

最後に大きく三回うねった後、彼は冴子の背中に体を突っ伏して果てた。

「あっちへ行って」

がっくりと脱力している男の大きな体を突き飛ばして、冴子は走って道路に出た。もともとパンティははいていないし、スカートも短いので身なりを整える必要もなかった。うすら笑いを浮かべている沢田を残してタクシーを拾い、駅に向かった。

第三章　全裸にエプロンの主婦

沢田と会って刺激のありすぎる一日を過ごした冴子は、疲れた体で帰宅した。

息子の翼は実家に預けてそのまま泊まってくることになっているし、明日は土曜日なので午後から迎えに行けばいい。

深夜近くになって帰宅したが、案の定敏樹はまだ帰っていなかった。

ひとりでゆっくりと風呂に入り、その後すぐにベッドに入った。手がかからなくなったとはいえ、子どもがいない家というのは静かで快適だ。

朝寝坊できるし、子どものために朝食の支度をしなくてもすむ、と考えただけで気が楽だ。朝は遅めに起きてのんびりブランチにしようか……などと思いながら眠りについた。

どのくらい眠ったか、人の気配で目が覚めた。敏樹がベッドに入ってきたのだ。

キングサイズのダブルベッドなので、ぴったりと隣にでもこない限り目は覚めないのだが、敏樹は何やら冴子の体をまさぐっている。

薄目を開けて見るとカーテンの外は日が差しているようなので、朝方なのかもしれない。

「おい、起きてる？」

敏樹は冴子の横に体をすべりこませ、ネグリジェの裾をめくりながら言った。

「今、帰ってきたの？　何時？」

「さっき帰った。六時だよ」

「うーん、もうちょっと寝たいわ」

「後でゆっくり寝ればいいさ。翼はいないんだろ」

「ええ。でも、眠い……」

「いいよ、そのままにしていれば」

敏樹は毛布を剝ぎ、ネグリジェの裾を大きくまくって内股に唇を這わせた。

「私、ちょっと、疲れているし……」

「いいんだ。俺が好きにするだけだから。二人だけなんてこと、めったにないじゃないか」

パンティを下ろしながら敏樹は言った。そして縮れ毛にキスし、舌を使ってスリットをこじ開けようとしていた。敏樹は、自分は求めるくせに彼の方からオーラルでサービスしてくれることはめったになく、前回のことが思い出せないほどだ。

――けさはしたくないのよ。きのうのことで私、くたくたなんだもの。

尖らせた舌先がくねくねと動いて亀裂の中に進入してきた。むずむずするが性的な快感とは違って、くすぐったいだけのような気がする。

――ああ、もう……あなたのクンニは下手なんだから、してくれなくてもいいのに。沢田先生は天才的にうまくて、あれを経験したら、どんな男だって太刀打ちできないのよ。

敏樹は指でフリルをめくり、ぺろぺろと舌を這わせた。

――あ、どうしよう。きのうヤリまくったのが旦那にバレちゃうかも。ああ、そんなにじっくり見ないでよ。でも、カーテン開けていないから、暗くてよく見えないかな。

沢田と、それから帰りぎわに沢田の指示でウエイターからレイプまがいのことをされて、性器が傷めつけられてはいないか不安になっていた。ウエイターはかなり強引に、バックからぐいぐいとねじこんできたので外陰部が荒れているかもしれないのだ。注意深い夫なら見ただけで不審に思い、妻の浮気を疑うかもしれない。何しろ夫とはここ二週間近く一度もセックスしていないのだから。

敏樹は犬のように大きく舌を使って女肉全体を舐めあげながら、指先で蕾をつついたりなぶったりした。

――もっとやさしくしなくちゃ、感じないのよ。そこは、舌の先でころころ転がしたり、吸ったりとか。ああん、だめ。そんなやり方じゃ……

だが冴子は、多少感じているふりをして、はあっと息をついたり、顔を左右に振って反応した。すると敏樹はやる気まんまんで挑んでくるのだった。

「何だ、舐められて感じたんだな。気持ちよかったんだろ」

冴子は黙って恥ずかしそうに顔をそむけた。

「ふんっ、久しぶりだからな。二週間ぐらいやってなかったか？　久々に抱いてもらってうれしいだろう」

「あ、はあっ……あなたぁ……」

甘えたような声を出すと、敏樹は大変喜ぶのだ。考えてみれば単純な人間だが、男というのは多かれ少なかれそんなものだ。

「これが、欲しいんだろう」

敏樹はすっかり勃起しきった男根を冴子に握らせた。

――久しぶりってことにしておかないとね。きのうは二人の男を相手にヤリまくったなんて、全然知らないんだもの、この人。

冴子は手にしたペニスに力をこめて、きゅっきゅっとしごくように刺激してやった。

「そんなに早く出さないからな。こいつをアソコにしっかりハメて、じっくり楽しまなくちゃな。翼がいないから、お前、大声出せるぞ」

――子どもが留守だから、ゆっくり寝ていられると思ったのに。私はきのうもう、十分すぎるほど感じたからとにかく寝たいのよ。

だが敏樹は冴子の上にのしかかってきた。毎度毎度の正常位、手順も同じのまさしく「定食メニュー」だ。まずネグリジェの胸を乱暴にはだけると、乳首にキスし軽く吸う。これが前戯だ。

「俺たちがやってるところ、あいつにばっちり見られたことあったよなぁ。覚えているか？あいつ、パパがママをいじめてたって言ったんだぞ。俺が上にのっかって、お前がひいひい声出してたからだ」

「……もう覚えてないわよあの子」

「そうだな。ずっと覚えてトラウマになっても困るもんなあ。父親が母親をいじめて泣かせてたって。喜んでただけなのに」

それは翼が二歳の時だった。日曜の早朝、夫婦がセックスに励んでいる最中に、隣の部屋で寝ていた翼が目を覚ましたらしく寝室にやって来たのだ。事におよんでいた二人は夢中だったので最初気づかなかったが、気配で振り返り唖然《あぜん》とした。お気に入りのミニカーを手にした翼がドアの隙間から覗《のぞ》いていたのだ。二人は全裸で絡み合い、敏樹は冴子の上にのってさかんに腰を上下させ、冴子は大股を開いてよがり声をあげている最中だった。

翼の視線に気づいた敏樹は「うわっ」と叫び、あわてて冴子から離れたが、その拍子に太棹がぶるんと女穴からはずれて飛び出してしまったのだ。翼が勃起した父親のペニスを見たかどうか定かではないが、以後敏樹は翼と風呂に入るたびに息子の視線が気になって仕方ないと言っていた。

そんなことがあってから、二人は翼がいる時のセックスは特に気を遣うようにしていた。成長してからはなおさらだが、敏樹の仕事が以前にも増して忙しくなり、夫婦生活の時間も思うように取れなくなっていったので心配も減った。

「新婚時代みたいに、キツいのやるか？」

冴子は目を閉じたまま頭を振った。もともと敏樹はセックスに関しては不器用な方で、キツいといえば何度も回数をこなすことなのだ。きのうのことで疲れていた冴子は、軽く一回、付き合い程度で十分だった。

――お願いだから、ちゃっちゃっと済ませて眠らせてよ。

「遠慮すんなよ。前みたいにヒイヒイ言わせてやるぞ」

敏樹は乳房をマッサージするように両手で揉み、指の間から飛び出した乳首にしゃぶりついて吸った。

「そんな激しいのはダメよ」

「何でだよ。たまにはここ、使ってやらないと錆《さび》ついてかさかさになるぞ」

冴子は吹き出しそうになるのを必死でこらえていた。

——錆つく、かさかさ……あり得ない。私ぐらいお汁が豊富な女はいないって、沢田先生に太鼓判押されているのよ。濡れなくなったらおしまいだもの。

「どれ、そろそろ入れるぞ」

敏樹は冴子の膝を抱えるようにして大きく割ると、男茎を草むらに押し当ててきた。先端の切れ目からは透明な液が染み出し、粘膜はピンと張りつめて艶のいい赤紫色をしていた。

「ううっ……入った」

冴子は一思いに突き立てられるのが好きなのだが、敏樹はいつも最初は亀頭部分だけ、それから徐々に進めていくのだ。

——もっと、ぐっさり入れちゃっていいのよ。処女じゃないんだから、一気に奥まで入れちゃって。

「おっ、おお……入ってく。全部入れちゃっていい？」

冴子は眉間《みけん》に皺《しわ》を寄せ、目を閉じたままで頷いた。

「うう、中はあったかいな。もう、ぬるぬるになってるぞ」

冴子のそこは、数時間前に名前も知らない男から無理やり辱《はずかし》められ、痛めつけられたというのに、新たな刺激で早くも潤い始めていたのだ。たとえ少々気乗りのしない相手であっても、性的な刺激を受けると自然に濡れてくる……そんな体なのだ。

「ああ、付け根まで入った。入り口が、やんわり締めつけて、気持ち、いい……」

――何も実況中継しなくたっていいのに。

だが久しぶりの接合のせいか、敏樹は感動しているようだ。挿入したまましばらく止まっていた敏樹が徐々にゆっくりと腰を使い始めた。

――もっと、速く。激しくやってよ。

冴子はきんちゃくの口を絞るように少しずつ力を入れて、肉茎をじわじわと締めつけ始めた。

「おっ、おおお……いい感じに、締まってる」

――そうよ。これが私の必殺技だもの。最初は意識していなかったけど、沢田先生に言われて気づいたの。肛門のあたりにきゅっと力を入れるとアソコが締まるって。男の人はみんなこれで喜ぶのよ。早くいかせるのにも効果があるんだけど。

「冴子、お前のはやっぱり、すごくいいよ」

敏樹は冴子の耳元に熱い息を吹きかけながら言った。冴子はくすぐったさをこらえていたが、彼の期待に応えるべく、ふんふんと鼻を鳴らした。

「どうだ、久しぶりに突っ込まれて、気持ちいいだろ。もっともっと喜ばせてやるからな」

敏樹は冴子の反応をみてすっかり気分が良くなったのか、さらにピッチを上げてきた。

——あ、ようやくちょっと感じるわ。ゆうべの刺激には到底かなわないけど、アソコが少しだけむずむずしてきた。

「すごい濡れてるよ。びしょびしょだ。よっぽど飢えてたんだな。待ち遠しかったんだろ」

「あ、ああんっ」

冴子は喘《あえ》ぎ声で返事をごまかした。よく濡れるのは体質で、飢えているわけではない。沢田と濃厚なセックスを楽しんだし、その後のおまけまであった。

「人妻の毎日は刺激がないからな。かわいそうに……」

——かわいそうなのは何も知らない夫の方よ。妻がよそで遊んでることなんかぜんぜん気づかない。どうせ関心がないんだろうけど。

刺激、といえばパンティをはかないまま超ミニで歩かされた時のことを思い出した。夢に出てきたことをまさか実際にするとは予想もしていなかったが、この上ないスリルと興奮だった。男たちの目が一斉に自分の下半身に注がれて、視線だけで犯されている気分になった。

「どうだ。早く抱かれたかったんだろう」

「はっ、はあんっ……」

「そうか。たっぷりかわいがってやるからな」

敏樹は上半身を起こすと、冴子の足を抱えて両方の肩にのせ、それからまた深く強く、着実に送りこんでいった。

「どうだ、この格好だと挿入が深くなるだろう」

「あん、あん、あああああんっ……」

冴子は多少大げさに泣いてみた。レストランで沢田からいたずらされたことなど思い出すうちに次第に興奮し、自然に声のボリュームも高まった。

「ふんっ、よがってるな。いいぞ、もっと泣けよ」

敏樹はやたらめったら腰を使い、めちゃくちゃに突つきまわした。

「あっ、あんっ……す、すごい、すごい」

「何がすごいんだよ。ハメてもらってうれしいのか？　俺のちんちん好きか？」

彼は鼻で笑いながら冴子を見下ろした。

「好き、よ。好き」

「ほんとはセックスも好きなんだろう」

「……わからない」

あまりにも白々しいので冴子は思わず目を閉じたのだが、敏樹には恥らっているように映

ったようだ
「お前は案外好きモノなんだよ。お前みたいな女が不倫にハマッたら大変なんだ」

「そ、そんなこと……」

「そうだな。男から声なんかかからないだろう、もう」

——ふん、おめでたいわね。私のミニスカートのコレクションもろくに知らないくせに。

「亭主に可愛がられるうちが華だな。ほれ、体位変えるぞ」

いきなり肉棒がすぽんと抜けた。冴子はようやく目を開けて敏樹を見上げた。

「バックからにしよう。お前、けっこう感じるんだよな」

彼は、冴子の体に絡みついているだけになったネグリジェを頭から脱がせて全裸にさせた。

「うむ、まだ太らないだけマシだな。胸もたれてないし」

——当たり前じゃない。私がどれくらい努力していると思っているのよ。

美しい体を保つ一番の秘訣はセックスすることだと冴子は信じている。しかも夫ではない他の男との、スリリングなセックスに限る。

敏樹は黙って冴子の体を裏返しにした。冴子が腰を浮かせ、四つん這いの姿勢をとろうとする前に、早くも彼はのしかかってきた。股の間に湿った固いモノを感じたと思った途端に、素早く進入してきた。

「ほらっ、入った。入り口がべとべとになってるから、滑りがよくて吸い込まれるみたいに簡単に入るな……どうだ、後ろから突かれて、気持ちいいか」

「あっ……あん……はあんっ……」

冴子は鼻にかかった声をわざとらしくあげた。敏樹はそれでもすぐに反応する。

「もっとデカい声で泣いていいんだぞ。だれにも聞かれないから。おっと、隣の家まで聞こえるとちょっとまずいかもしれないけど」

彼がバックから突いてくると、もろに体重がかかるので冴子は息苦しくなった。

──これじゃなくて、四つん這いがよかったのにぃ。わんわんポーズの方が、私、感じるんだけど。

だが冴子は敏樹の要望に応えるべく、声のボリュームを一段階上げてヒーヒーと言葉にならない叫び声をあげた。

「そんなにうれしいのか。こっちもだんだん……イキたくなってきたぞ……うっ、締まる。また締まってる。なあ、きょうは中に出していいだろ」

「あうっ、あううう〰〰」

「出すぞ……おっ、おお……」

敏樹の腰が大きくうねった。だが、彼は発射直前で引き抜くことはせず、そのまま体重をかけてのしかかった。ひときわずっしりと背中に重みを感じ、早くここから抜け出したいと思った。

子どもは翼ひとりで十分だし、他の男たちとの関係もあるので、冴子は誤って妊娠しないようにきちんと対策をとっていた。もちろん敏樹には秘密だが、彼は普段はそれなりに気を遣ってくれているのだ。

悪い人妻だ……冴子は夫のつく息を背中に感じながら、どうにもできない自分の性を持て余していた。

翌日は翼が通っている塾で個人面談があった。翼は小学四年生だが、私立中学を受験するため週三回ほど駅前の雑居ビルに入っている大手の進学塾に通っている。まだ四年生なのでそれほど勉強はきつくないが、翼は割合まじめな性格のようであまり母親の手をわずらわすことなく、宿題などもきちんとこなしていた。

個人面談は一学期に一回ぐらいのペースで行われるが、冴子はその日は朝からそわそわと落ち着かなかった。たった三十分足らずの面談のために、午前中から何度も着替えをして下着まで取り替えたのだ。まさか塾に超ミニははいて行けないが、自慢の足をさりげなく見せたいので膝上丈のグレーのタイトスカートに、パリッとアイロンのかかったシャツブラウスという聡明そうな母親、のイメージの服で出かけた。

「九條さん。どうもお忙しいところ、申し訳ありません」

翼の担当の木原《きはら》はわざわざ椅子から立ち上がって挨拶をした。

「いつも翼がお世話になっております」

「どうぞ、こちらの方へ」

案内されたのは、普段は教室として使っている小部屋だった。ぱたん、とドアが締まると二人きりになった。冴子はさりげなくブラウスのボタンをひとつ余計にはずした。きょうは胸の谷間をくっきりと強調するブラをしてきたので、ブラウスの胸元からちらちらと中が見えれば溢れそうな肉丘が目に入るだろう。

「ええっと、これが先日のテストの結果なんですけど……」

木原がペーパーを差し出したので、冴子は受け取るふりをして体をぐっと前のめりにした。軽めにつけたオーデコロンが甘く漂う。

「翼くん、算数が苦手ということでしたが、がんばってますよ。今回は平均より十点近くも高かったし、塾の中での小テストも毎回上位ですから」

木原は眼鏡の奥の目を細めてやさしそうな笑顔を浮かべた。年齢は三十そこそこだろうか、知的な好青年というイメージだ。冴子は翼の塾を決める時、いくつか見て回ったが木原の説明を受けて、その場で決めてしまった。塾のシステムなど、どこも似たりよったりだが、最初のうちは冴子が送り迎えしなければならないし、こういった面談やら保護者会も母親である冴子が出席するのだから、何か楽しみが見いだせるような塾がいいと密《ひそ》かに思っていたのだ。

算数の講師であり四年生の主任である木原を、冴子は一目で気に入った。だが今回は、露骨なお色気作戦は通用しないだろうし、塾生の母親として恥ずかしいこともできない。木原を落とすには時間も手間も、知恵も必要になってくるだろうが、冴子はあえて難関に立ち向かいたい気分だった。

「他の科目も……ああ、国語がちょっと最近、あまり良くないですね」

「ええ、どちらかというと外で体を動かす方が好きな子で、あまり本も読まないんです」

「男の子はそういうお子さん多いですね。それなら興味のあるジャンルの本を、いっしょに買いに行ったりして、何とか少しでも本に親しむようにしてください」

「はい、そうしてみます」

冴子は頷きながら木原の話を聞いていたが、内容は頭の上を通り過ぎていくだけで、彼の顔だちや表情にばかり気をとられていた。

「お話し中にすみません、あの、木原先生、ちょっといいですか？」

その時、事務の女性がドアを小さく開けて声をかけた。

「あ、ちょっと失礼します。すぐ戻りますので」

何か急な電話が入ったようで木原は中座した。

冴子はふっと肩で息をついて室内を見渡した。無機質な机と椅子、黒板がわりの大きなホワイトボードが壁にかかっている以外、何のインテリアも施されていないのは子どもの気を散らすことなく勉強に集中させるためだろう。

遠くの方から木原の声が聞こえる。普段、教室で教える時はシャツにネクタイ姿だが、きょうは面談のためかスーツを着用していた。一段と引き締まって見えて、二枚目ぶりにも磨きがかかって見えた。

何とかもう少し彼との距離を縮められないものか、と冴子は考えをめぐらせていた。六年生の一月まで世話になるのだから焦ることはないが、逆に塾生の母親である以上なかなか個人的に近づくことは難しいのかもしれない、とも思った。

何も書かれていないホワイトボードや、だれも座っていない椅子などを眺めているうちに、冴子は空想の世界に飛んでいた。

こんな素っ気《そけ》ない部屋で、色事とはまるで結びつかない空間で、関係してはいけない相手と……妄想は膨らんだ。

冴子は、椅子に腰掛けた木原の膝の上に向かい合うようにして座っていた。冴子のタイトスカートはウエストまでたくし上げられ、剝き出しのヒップは彼の膝の上であやしくくねっていた。木原のズボンは椅子の脚元に脱ぎ捨てられ、毛深い脛《すね》が冴子の腰を挟みこんで上下していた。

「あっ、ああんっ、あん、気持ちいい」

「しぃっ、あんまり声をあげると、外に聞こえますよ。面談の順番を待っている人がいるんだから」

「じゃあ、三十分の面談の時間はフルに使えるのね、二人きりで」

「そう、二人きりです。ただし部屋のドアはカギないですよ」

「いつ何時、だれが入ってくるとも知れないわけね。すごいスリルだわ。私たち、合体しているから、すぐには離れられないのよね」

「ええ、僕のモノが、深く入りこんでる」

「す、すごく奥まで届いてる。この姿勢だといくらでも深く入っていけそうよ」

「感じてる？」

「アレが……固いのが、壁をつついてるわ。ああ、いいわぁ」

冴子は思わずのけぞった。はだけた胸元は、ブラに収まりきれずにはみ出た肉が高く盛り上がっていた。彼はその胸に突っ伏しながら手で乱暴にブラを剝がし、殻の中でひっそり息づいていた乳頭にキスした。

「ん、感じる……もっと、強く吸っていいわ」

最初は口に含んで舌で転がしていた彼が、冴子の要求に従いチェリーを吸い始めた。

「あっ、ああんっ、こっちもやって」

冴子は自分からもう片方の乳房を差し出した。木原は腰の動きを止めて無心に吸い続けた。思わずいとしくて、彼の頭をぎゅっと抱いてしまった。

「ああ、もっと時間がほしい」

「仕方ないですよ。面談の最中なんだから」

「特別にまた面談してほしいわ。二人きりで、どこかで……」

「ベッドがあるところですか？」

「ええ、いいわね」

冴子は自分からさかんに腰を振り、ピストンするように激しく上下させた。

「だめだ。そんなに動かしたらがまんできなくなりますよ」

「だってぇ、気持ちいいんだもの」

形のいいヒップが、木原の膝の上でグラインドした。

「ああ、それ以上はだめだっ」

彼は冴子の尻を押さえつけて動きを止めた。

「じゃあ、体位を変えたいわ」

「うむ、それなら続くかもしれない」

冴子は木原の膝から下り、机に両手をついてスカートのまくれたヒップを突き出した。

「後ろからしてほしいんですか？」

「ええ、好きなの、バックが」

生足にパンプスを履いたすらりとした足を、肩幅程度に開いて踏ん張り受け入れ体勢を整えた。

「後ろからやられるのが好きなんですか……人妻で母親だっていうのに、本当にいやらしいんですね」

「セックスが好きなだけよ」

冴子が熱い視線で振り返ると、木原は逸物を手に狙いを定めているところだった。

「じゃあ、また入れちゃいますよ」

「早くきてぇ〜〜〜〜〜〜」

冴子は待ちきれず、自ら腰を差し出し小さく振って彼を誘った。

「しょうがない人だなあ」

するとブラックホールにぐさりと男杭が突き立てられた。同時に冴子の頭ががくっと後ろに反り、両手でしっかりと机にしがみついて衝撃に堪えた。

「あふっ、入っちゃってる？　ねえ、最後までちゃんと入ってるの？」

「しっかり根元までハマッてますよ。すごい濡れているけど、こうして後ろからぐいぐいねじこまれるのが、いいんですか？」

「そうよ……ああ、固いのが、貫いてる」

木原は冴子のヒップを両手でがっちりと押さえこむと、一気に加速しピストンのピッチをあげた。

「感じてるんだ」

「ええ、き、気持ち、よすぎる……ひっ、ひぃぃぃぃ〰〰〰〰」

だが声が漏れると思ったのか彼は手で冴子の口をふさいだ。ひややかな視線で悶える冴子を見下ろし、冷静な様子でひたすら抜き挿しを繰り返す。女穴に挿入した肉茎を、ただ摩擦しているだけの行為に見えるが冴子はそれでも乱れに乱れた。

机が振動でがたがたと音をたて、彼の動きに合わせて接合部分からはくちゃくちゃという水音が響いてきた。

「アソコが鳴ってますね」

「あふっ……だってぇ、いいんだもの」

彼は、まるで恨みでも晴らすように、ただやたら単純に腰を動かしピストンに励んでいた。

「バックだと感じるんですね」

「そう、この体位がいちばん好きなの。知らない人から犯されてるみたいで」

「挿入も深くなるし」

彼は挿したまま、大きくうねった。

「だめだ、もう限界だ」

後ろから冴子のヒップを抱え直して息を整えると、いきなり激しくピストンしそして直後にまた動かなくなった。


冴子ははっとして顔を上げた。ほんの少しの間、居眠りしていたのか……

目の前に木原の姿はなく、灰色の壁だけが広がっていた。

「どうも、すみませんでした。本部から急用だったもので」

あわただしく木原が入ってきたので、冴子は思わずどきっとしてしまった。

「いえ、私は構いません」

「お時間、大丈夫ですか？」

「ええ、ぜんぜん問題ありません」

「そうですか。よかった。ええっと、このお知らせ、お渡ししましたっけ？」

木原はプリントを一枚手渡そうとして、うっかり床に落としてしまった。椅子の脚元に落ちた紙を拾うために彼が腰を屈めたので、冴子はすかさず大きく足を組み直した。もちろん、きょうはパンティをはいているが、スカートの裾が持ち上がって瞬間的に太股が剝き出しになったことは言うまでもない。

何事もなかったように、木原はプリントを拾い上げてから説明を始めたが、冴子の胸は高鳴って額にもうっすら汗をかいていた。

どうにかして目の前にいるこの男と近づきになりたいものだ、と思ったが、彼は今までになくハードルが高そうだ。


「あら、九條さん、お出かけだったの？」

塾からの帰り、マンションの入り口で友美にばったり出くわした。

「ええ、ちょっと……坂下さんはテニス？」

「そうなの。ずいぶん汗かいちゃったわ。でも気持ちよかった」

二人は玄関のオートロックを解除して中に入った。エレベーターホールの前にベンチがあって、腰かけられるスペースになっている。

「ちょっと、そこで」

友美は冴子を誘ってそこに座った。

「テニスクラブでいっしょの人から北海道のお土産もらったの。お菓子だと思うんだけど、うち食べないからあげるわ」

友美はスポーツバッグを開けて中から箱を取り出し、包装紙を開けた。中身はホワイトチョコレートを使ったクッキーだった。

「ほら、やっぱり。甘そうなお菓子だわ。翼くんのおやつに食べさせてあげて」

「でも、せっかくのお土産なのに」

「うちにあっても手をつけないまま捨てられるだけよ。それよりはだれかが食べた方がいいじゃない」

「いつもすみません。それじゃ、遠慮なくいただきます」

「気にしないでね。余りものしかあげなくて、悪いなと思っているんだけど」

「とんでもない。いい品物ばっかりで」

友美のうちは夫婦二人だけで、その上甘党ではないので、贈答品の菓子やジュース類はほぼまちがいなく冴子のうちに回ってくる。友美のところは、中元や歳暮の時期になると宅配業者が毎日のようにやって来るのだ。翼はうちで友美のことを「お菓子のおばちゃん」と呼んでいるぐらいだ。

「九條さん、きょうは、お堅い服装ね」

「ええ、翼の塾の個人面談だったから」

「あら、塾でもそういうのがあるんだ。私は子どもがいないから、一生そういったものとは縁がないわ。ＰＴＡとかも。何かちょっと興味あったけど」

「特に、興味を持つようなものじゃないわよ。役員も仕方なくやってるし」

「まあ、塾や学校って、いいオトコには縁がなさそうだもんね」

「そうね、確かに……」

言葉とは裏腹に、冴子は木原の顔を思い出していた。いいオトコは、数は少ないがどんな世界にもいることはいるのだ。友美は知らないだけだ。冴子はもう、ウエイターだの店員だの手軽に手に入るような男には飽きてしまった。これからは相手の男のレベルを上げることを主に考えようと思っているのだが、友美はまだ欲望がギラついて質より量といった感じだ。

「そうそう、明日、電器屋さんが来るのよ。九條さんとこにいつも来てる人」

「えっ、うちに来るあの電器屋さん？」

「そうなの。前に、九條さんのうちから帰る時に廊下で会ったから、名刺をもらっておいたのよ。うち、エアコンの調子が悪くて。そろそろ買い換え時なのかもしれないけど、とりあえずあした見に来るんで、お宅でも何か用があれば、ついでに行かせようか」

「そうね……たぶん、何かあると思うから」

「じゃあ、うちの用事が終わったら行かせるわ」

友美が俊一に接近していたと知って、冴子は少し動揺していた。友美は俊一を横取りするつもりなのだろうか。

「なかなか感じのいい人よね。あれで腕がよければ重宝なんだけど」

友美が立ち上がったので、冴子も立ってエレベーターを待った。

「九條さんて、ほんとに足がきれいよね。ミニスカートが似合うわ。ただ細いっていうだけでなくて、セクシーな足してる。うらやましいわ。もっと短い丈、じゃんじゃんはけばいいのに」

「もうそんな若くないし、子持ちだもの」

「なーに言ってるの。まだまだこれからじゃない」

そう、まだまだしおれたくはない。だから超ミニもはいているし、塾講師も誘惑したいと思っているのだ。

「あした、何時に来るのかしら、電器屋さん」

「うちには一時よ。終わったらそちらに寄るように言っておくわ」

友美のことだ。俊一をそのまま帰すとは思えない。彼は若くて、いかにも簡単に友美の毒《どく》牙《が》にかかりそうだし。

「ねえ、木原先生って何歳ぐらいかな。翼、知ってる？」

冴子は翼のために焼いたホットケーキを皿にのせてバターを塗り、食べやすいように切り分けた。

「ん、知らない」

翼は目の前のおやつに気をとられていて木原の話など興味はない様子だ。

「あー、そんなにいっぱいシロップをかけちゃダメよ」

「いいんだ、甘いのが好きだから」

ホットケーキの一切れをフォークで刺しておいしそうに食べた。

「ああ、木原先生、前に言ってたよ。塾で教える仕事、大学生の頃からアルバイトでしていて十年になるって」

「ふうん、そうなんだ」

するとやはり三十前後ということになるだろう。

「子どもとか、いるのかな」

結婚しているのかどうか知りたいのだが、息子から聞き出すのにあまり露骨な質問はできない。

「どうして？」

「あ、だって……ほら、子どもがいる先生なら、やっぱり子どもの気持ちがよくわかるでしょ」

「そうだね」

翼はホットケーキを食べるのに忙しい。面談の時にさりげなくチェックしたのだが左手にリングはなかった。だがリングをしない男性もけっこう多いのでそれだけでは判断できない。

「ああ、そうだ。木原先生のとこには赤ちゃんがいるんだ。まだ幼稚園にも行ってないんだって。だから塾に入るのはまだだいぶ先だって言ってたな」

「そう……赤ちゃんか」

結婚していることがわかって少しがっかりした。けれども独身の男のようにのめり込むことはないだろうし、かえって気が楽かもしれない。それに赤ん坊のいる妻は子どもに手がかかるので夫はほったらかしの場合が多い。案外、狙いやすいかもしれない。冴子はますます闘志を燃やしていた。

翌日、冴子は午後一時過ぎからずっと時計が気になっていた。今ごろ俊一は友美の家に行っているんだろうと思うと、なぜか落ち着かなかったのだ。

二時半を少し回って三時が近づいて、もうきょうは来ないのではないかと諦《あきら》めかけた頃、玄関のチャイムが鳴った。

「あらあ、わざわざ寄ってくれたの？」

冴子は意外そうな顔で俊一を迎えた。

「あっちの奥さんに言われて。何か用があるんだって？」

「あら、そんなこと言ってないわよ。ついでにどう？　と言われただけ」

「何だ。用がないなら……て、やっぱ、あるんでしょ？」

俊一はにやっと笑ってさっさと玄関に入ってきた。

「蛍光灯、取り替えてほしいの」

「なにー、そんなことも出来ないの？」

俊一は、勝手知ったる他人の家、といった具合にどんどんあがってきた。

「照明器具が特殊な形で、はずし方がよくわからないのよ」

冴子はキッチンの天井についている照明を指さした。

「ああ、これね。替えの蛍光灯、ある？」

俊一はダイニングにあった椅子を持ってカウンター・キッチンの中に入り、慣れた手つきで照明器具をはずした。

「旦那さんは、こういうことは苦手なの？」

「苦手も何も家にいないから、頼む暇もないってわけ。家の中のことも子どものことも、全部私がひとりでやってるわ。旦那を頼りにしたことなんか、ない」

「それは大変だな。同情するよ」

「主婦もいろいろと大変なのよ。それほど気楽な立ち場じゃないし」

「いやあ、でも、人から羨《うらや》ましがられるでしょう。高級官僚の妻だなんて、恵まれた地位だよね。こんな高級なマンションに安い家賃で住めるんでしょう？」

冗談ぽくではあったが俊一にそう言われて、冴子は少々むっとしていた。世間がどう思っているかなど関心ないし、理解してほしいとも思わないが、あまり無責任なことは言ってほしくなかった。

「羨ましがられるような立場でないことだけは確かよ」

「んなことないでしょ……さ、できた」

「あら、もうできたの。さすがね」

「ほかに、何か？」

「ええっと、特には……ああ、これ、開けて」

冴子は買ってきたばかりのジャムの瓶を差し出した。

「蓋《ふた》が固くて」

俊一は受け取ると、きゅっとひとひねりで蓋を開けた。

「助かるわ。それ、いつも買うんだけど蓋がすごく固くて不便なの」

「でも、俺のは固い方がいいだろ？」

彼はテーブルにジャムを置くと、冴子の手を取って股間に誘導した。

「あら、やだ」

まだ何の性的刺激も与えていないのに、そこはもう半立ちの状態でこぶりのバナナぐらいに成長していた。

「その足を見てたら、とたんにむらむらしてきて」

「きょうはミニじゃないわよ」

冴子はルーズなデザインの、膝丈のワンピースを着ていた。きょうはフェロモンは抑えぎみにしておきたかったのだ。

「顔を見てるだけでもむらっとくるんだ」

「そんな……」

俊一は当然のような仕草で腰に手を回してきたが、冴子はきっぱりとその手を振り払った。

「前のうちで、何してきたのよ」

「何って、エアコンの修理に決まってるだろ」

「ふうん、ずいぶん時間がかかったのね」

「ああ、なかなか原因がわからなかったからね。来週また来るんだ」

「へえ、また来られて、よかったわね」

冴子は皮肉たっぷりに言い返した。友美が何もしないで彼を帰すわけがないのだ。

「どういう意味？　何、想像してんの？」

俊一はにやにやと笑いながら、再び冴子を抱いた。

「放して。坂下さんのところで何回やってきたの？　二時間近くも修理だけのはずないじゃない」

「前の修理が長引いて、坂下さんのところに着いたのは一時半を回ってたよ。遅れることは前もって電話しておいたけどね。行ったらすぐに修理に取りかかって、室外機まで見たから一時間以上かかったよ。ウーロン茶一杯もらって、すぐにこっちに来たんだ」

「ほんとに？」

「本当だよ」

てっきり友美の毒牙にかかって誘惑され、二度三度と要求されて時間がかかったのだと思いこんでいたのだ。冴子はもう一度彼の股間に手を伸ばして果実に触った。ズボンの上からでもはっきりわかるほど膨張していた。

「色っぽい奥さんだとは思ったけどね」

「私より三歳上だけど、子どもがいないの。若いボーイフレンドは何人もいるみたいだけど」

「旦那が稼いだ金で遊んでるんだな。そのボーイフレンドのひとりに入ったらいいことあるのかな」

「試してみればいいじゃない」

「誘われたら、断りはしないつもりだけど」

俊一は冴子をソファに座らせ、自分は冴子の足の間に入りこんだ。スカートをまくり上げると、小さなショーツに包まれた股間に顔を埋めた。

「ああ、メスの匂いがする。これがたまらない」

パンティごしにぴったり口をつけると熱い息を吹きかけたり、また吸いこんだりした。

「あ、何か……アソコが、変な、感じ」

「ここ、食べちゃいたい」

「食べて、いいわよ。ああ、息が、むわっとしてすごく感じる」

「またこのパンティ、もらっていくからね。匂いのしみこんでるやつ」

「何に使うの？　オナニーするの？」

「そうだよ。嗅いだり舐めたりして。この間のもさんざん使った。彼女がいないから、もっぱら自分でしてるんだ」

「あら、かわいそう。坂下さんならほっとかないわよ」

「でも、きょうは誘われなかったな」

「次はきっと誘惑されるわよ」

「素っ裸の上にエプロンだけつけて待ってるとか？」

「何それ、裸にエプロン？　すごいわね、ウケるわ」

「想像するとそそられる光景だろ」

俊一は冴子の股から顔を上げて感心した。そしてやおら、冴子の服を脱がせにかかった。

「私の裸なんか、もう見飽きてるでしょ」

「いやいや。裸エプロンは見てないし。ちょっと、やってみてくれないかな？」

「ええっ、私が？」

俊一は、キッチンの椅子の背に掛けてあったブルーのエプロンを取ってきて、全裸の冴子に差し出した。

「おかしな趣味ね」

「頼むよ。どんなものか、見てみたくなった」

言われた通りにエプロンをつけてみると、ちょうど乳房や股や大事なところだけはきちんと隠れる。

「後ろ向いて」

くるりと回れ右をした。ウエストの部分でエプロンの紐がリボン結びになっているが、ヒップは丸見えだ。

「おおっ、いいねー。後ろからだとお尻がばっちりだ」

「何だか間抜けじゃない？」

「すごく新鮮。すごくエロい」

「お気に召したようね」

冴子は俊一に後ろ姿を見せたまま、片手を腰にあてて軽く尻を左右に振った。

「あー、たまんない。俺、将来結婚したら、奥さんにはこの格好で家事をやってもらうよ。そうしたら、いつでもどこでも好きな時にセックスできる」

「好きな時にセックスできるから結婚するの？」

「男なんて、みんなそんなもんだろ」

彼は、冴子を後ろ向きのままダイニングテーブルに押しつけ、白く輝くヒップをいとおしそうに撫でた。

「また、立ったままバックでするの？」

「この格好が、たまんないから」

俊一は言い終わるか否かのうちに、一気に挿してきた。

「そ、そんな、いきなり……」

「こうしてほしいんだろ。わかってるんだから」

「あっ、あううう〰〰」

「いやらしい主婦だな。めちゃくちゃに狂わせてやるから」

さすがの冴子も裸にエプロンひとつ、というのは初めての経験だった。沢田も思いつかないだろうが、たぶん敏樹なら喜ぶだろう。俗な男だから。

でも夫の前ではやってやらない。お務めのセックスは工夫しないと決めているから。

敏樹はいい父親だし夫としても悪くはないが、セックスの相手にはつまらない男だ。

俊一は多少バカっぽくても若くて性的なエネルギーには満ちあふれているし、セックスにも工夫があるし、相性もいい。だからなかなか離れられない。友美にもできれば貸したくない。

「あっ、ああ、すごい、すごい」

俊一は早くもピッチをあげてきた。きょうはとばしている。

「最近やってないから、あんまりがまんできないよ。早く出したい」

「いいわよ、思いっきりやっちゃって」

「そうか、じゃあ……いくぞ」

言葉通り、彼がフィニッシュを迎えるのにそう時間はかからなかった。

第四章　寂しい私を欲情させて

「何、一体だれがそんなことやってたんだよ」

敏樹は淹《い》れたてのコーヒーをひとくち飲んで、朝刊を読んでいた顔を上げた。

「だれって、ただの話よ。ええっと、映画で出てきたと思うんだけど」

「それ、コメディじゃないわよ」

「コメディだろ」

「わからないな。素っ裸の上にエプロンだけつけて家事をやるって、俺にはコメディにしか思えないけど。そりゃ、女優がやればけっこう色っぽいかもしれないけど、それにしても……」

敏樹は声を出さずに笑いながらトーストをかじった。けさは仕事の前に立ち寄る場所があるとかで、ゆっくり出かけられるらしい。それで珍しく朝食をとっているのだ。

「外国映画だったのよ」

「だろうな。日本人の発想じゃないよ。そりゃあ、俺がもしも、宅配便の配達か何かを仕事でやっているとしてだよ。ごめんくださいって荷物運んできたら、出て来た奥さんが全裸にエプロンだけで、ハンコ取りに後ろ姿になったら尻が丸見えだった……なんていったら、ちょっとうれしいかもしれないけどね。いや、かなりうれしいかな。得した気分になるよね。まあ、その奥さんが若くて可愛くて、お尻もたれていなかったらっていう条件付きだけど」

敏樹はあれやこれやと頭の中で想像している様子だった。

「若くて可愛い奥さんはそんなことしないと思うな。ちょっと盛りを過ぎて、刺激がほしくなった主婦だからやるんじゃないの？」

冴子はもちろん、そんな映画など見ていないが俊一から聞いたことを自分なりに想像し、実際に試してみた「全裸にエプロン」をどうしても敏樹に教えたくなったのだ。

「うむ、そうかもな。夫の気を惹くためとか」

「確か、年下の愛人にせがまれて試すのがきっかけだったと思う」

「へえ、年下の愛人ねえ。外国映画の中だからあり得るんだよ」

「そうかしら」

「だって想像してごらんよ。全裸にエプロンつけて、みそ汁作ってる姿とかさ、すごく間抜けじゃないか？　スリッパはいてケツ出して」

敏樹は食べかけのトーストを手にしたままげらげら笑った。

「そんなに可笑《おか》しい？」

「ま、外国映画ならみそ汁はないだろうけど」

「確か、サラダボウルを運んでたのよ。キッチンからダイニングに。それを見ていた男がいきなり襲いかかるの」

「そりゃあ、まあ、そんな格好してりゃ、やってくださいといわんばかりだもんなあ。きっと足が長くて格好良くて、ケツもきゅっと形がいいんだろうなあ」

「その通りよ。それで、ダイニングのテーブルに彼女を押しつけてバックから襲うのよ」

「いいねえ。もともとノーパンだから脱がせる手間かからないし、そのままぐっさり挿せばいいだけだな。朝、忙しい時でも合間にやれるし、もしかして、君もやってみたい？」

「いやだ、冗談じゃないわ。映画と現実は違うのよ」

「夫にかまってもらいたさに、いろいろ試してみたいとか。どう、エプロン持ってくれば？」

「いやあね」

「しっかしどう考えても、やっぱ笑うよな」

敏樹はまるでジョークとしか受け取っていない様子で可笑しそうに笑うばかりだった。冴子がほかの男とこの家のキッチンで「全裸にエプロン」を試してみたことなど想像もしていない。

世の中の亭主族など、世間知らずもいいとこだ。妻が昼間どこでだれと何をしているかに関して、想像力などゼロに等しい。たとえ新聞やテレビで、出会い系にハマッた人妻が犯罪に巻き込まれたような事件が報道されても、自分の妻はあり得ないと思い込んでいる。我が女房がほかの男にも通用する女だということを、すっかり忘れているのだ。

家事と育児さえそこそこにやっていれば文句も言わず、毎月きちんと給料を運んでくれる夫は妻を疑うことも知らず本当に脳天気だ。もっとも彼の方も、仕事仕事と忙しがっているが、実際のところは陰で何をしているのかはわからないのだが。

「全裸にエプロン」は、ぜひ沢田と会う時に試してみたいと思った。しかし彼の美的感覚からいうと、家事をする時に使っているエプロンでは彼の眼鏡にかなわないだろう。外国のメイドさんがつけているような白くてシンプルな上質のエプロンがいい。そういったものはどこに売っているのだろう。冴子はさっそく、品揃えの良さそうな老舗デパートをいくつか見て歩こうと心に決めていた。

数日後、冴子のイメージにぴったりなエプロンが見つかった。薄めの真っ白な綿ボイルの生地に、部分的にカットレースが使われているごく地味なデザインだ。そして両脇にやや幅広のリボンを使って、後ろで蝶結びするようになっている。

今どきどんな人がこのような上品で汚れや洗濯には弱そうなエプロンを使うのだろう、と考えこんでしまった。でもまあ、汚したくないエプロンがあってもいい。早く身につけてみたい、と思った。

一般的な主婦が着ているようなホームウエアにこのエプロンは全く似合わない。やはり本来のメイドスタイル……黒やグレーの控えめなデザインのワンピースの上につけるべきだろう。しかし冴子はそういった服を持っていない。とすれば、このエプロンの使い道はただひとつ。「全裸につける」それだけだ……帰り道の電車の中で、冴子はひとりいろいろなシーンを思い描いて想像の世界に浸っていた。

最寄り駅の改札を出ると、激しい雨が降り出していた。天気予報ははずれ、多くの人が困惑した表情で雨を見守ったり、ずぶ濡れになるのを覚悟で走り出したりしていた。タクシー乗り場はすでに長蛇の列だった。特に急ぐ用事のない冴子は少し様子をみることにした。どこかで傘を買ったとしても、この降りでは三分もしないうちに相当濡れてしまうだろう。

雨を見守る人の中に木原の姿を見つけた時、冴子の胸は小さく高鳴った。

「降り出しちゃいましたね」

冴子はそっと近づいて行き、木原の横に立った。塾は駅から歩いて徒歩五、六分の場所にある。この雨の中を歩き出す勇気はないだろう。

「ああ、九條くんのお母さん」

木原は少し驚いた顔をしながら白い歯を見せて笑った。

「これから授業ですか？」

「いや、授業は五時からなのでまだ少し早いんですけど」

「この土砂降りじゃ、そこの横断歩道をわたっただけでびしょ濡れですね」

「少し待てば小降りにならないかと思って」

「私も同じです。突然降り出したから、突然止《や》むんじゃないかって」

「みなそう思って待っているんでしょうね」

「あの、先生、お時間あったら、ここの上にティールームがあるんですけど、いっしょにいかがですか？　ちょっとご相談したいこともありますし」

冴子は思いきって誘ってみた。ダメでもともとと思ったし、これはめったにない偶然が重なったチャンスと踏んだからだ。

「ああ、いいですよ。ただここで立っているのも何ですからね」

「その店からなら外の様子も見えるんです。早くしないと席がいっぱいになってしまいますから」

「じゃ、行きましょう」

話はすぐにまとまり、冴子と木原は駅ビルの上にあるティールームに入った。こんなにあっさり誘いにのってくるとは予想外だった。ひょっとすると、彼と接近することはそれほど困難ではないかもしれない、と冴子は思い始めていた。

木原と冴子はティールームのカウンター席でホットコーヒーを注文した。突然降り始めた雨のおかげで、店は混んでいてカウンターの隅の席しか空いていなかったのだが、時間つぶしにひとりで座っている客がほとんどだし、意外に落ち着く雰囲気だった。外は蒸し暑いのに二人ともあたたかい飲み物を注文したことも、何かしら共通点を感じていた。

冴子はしばらくの間、塾や勉強の話題についていくつか木原に質問した。彼は熱心に冴子の言葉に耳を傾けてくれた。

「何かわからないことがあれば、特に面談の時でなくてもいいですからご相談にのりますよ。お電話でもいいですし、もちろん直接いらっしゃっていただいても」

「え、そうなんですか？　お仕事の邪魔かと思って遠慮していたんですよ。しつこい親と思われないか不安でしたし」

「そんなことないですよ。おおいに歓迎します」

「あら、そう言っていただけると安心です」

「面倒見のいいのがうちの塾の売りですからね。合格実績は他の塾さんに遅れをとってますけど」

子どもへの面倒見ばかりでなく、母親の面倒も見てほしい……冴子は冗談ぽくそう言ってみようか、と瞬間的に思ったがやめておいた。まだ気楽にジョークを言い合う間柄ではない。

するとその時、木原の携帯が鳴った。あわてて番号を確かめた彼は、冴子の方を見てすまなそうな顔で言った。

「すみません。ちょっと、電話かけてきますね」

「どうぞどうぞ。ごゆっくり」

冴子は携帯ひとつ手にしていそいそ出て行く彼の後ろ姿を見送った。

足元に置いた紙袋の中から買ったばかりのエプロンが見えた。これを身につけた姿を木原に見せたい。彼は気に入るだろうか。いつもは非常にまじめで礼儀正しい彼だが、絶対に裏の顔があるに違いない。隠れてどんな趣味嗜好を持っているのだろう。いろいろと思いを馳《は》せてみたくなる対象だ。

結婚して子どももいるのだから、風俗通いの趣味があるとは思えないが、何かしら性的嗜好は特徴がありそうな気がする。仕事での「木原先生」からは想像もつかない性癖……たとえばＳＭ。あり得るような感じがしてならないのだ。

木原は塾の事務室の自分のデスクの前にいた。ワイシャツにネクタイ姿でいつもと変わらない様子だ。クールな顔つきでパソコンに向かっていたが、ふと手を止めて視線を落とした。

彼の足元には、全裸に白いエプロンひとつだけ身につけた若い女が床に四つん這いになって彼に尻を向けている。エプロンは体の前面しか隠していないので、ヒップは丸出しの状態だ。

長い髪をふたつに分けておさげにしている彼女はかなり若そうだが、おとなしく彼に尻を向けてじっとしている。白桃のようなこぶりな尻がまるで供物《くもつ》のように彼に差し出されている。

眼鏡ごしに冷たい視線を投げかけた彼は、おもむろに自分の右足から靴とソックスを脱いで裸足《はだし》になった。そしてその足を彼女の尻に向けた。足の指で尻たぶを撫でていたが、やがて親指が尻の割れ目をなぞり始めた。

「あっ……何してるんですか？」

女はハスキーな声で低くつぶやくように訊いた。

「いじってるんだよ。足で」

ぶっきらぼうに答えた木原は親指を器用に動かし、どうやら女穴を探り当てたようだ。ぐりぐりと円を描くようにしながら中へ進入しようとしている。

「あんっ、そ、それは、足の指ですか？」

「そうだよ。親指をアソコに突っこんだ」

「何か……変な……感じですぅ……はんっ」

しかし女は背中を落として猫が伸びをするようなポーズで、ますます高く腰を突き出した。

「入っているだろう。もう親指は全部中に入った」

「は、はい……」

「中はぬるぬるだぞ。もっといじってほしいか？」

「はい、いじってください」

女は床に這いつくばりながら、ゆっくりと彼の方を振り返った。彼女は、いつも塾で翼たちの世話をしてくれる事務員のゆかりだった。生徒たちからはゆかりちゃんと呼ばれ、まだ二十歳そこそこで学生のような雰囲気だ。以前から冴子は、ゆかりが木原に好意を寄せているような気がしてならなかったのだが……。

木原は親指で壺口を責めながら、他の指を使って菊門をつつき始めた。

「あっ……そ、そこは……いじらないで」

「どうして。アナルだって感じるだろ？」

「で、でもぉ……今は、やめてください」

「ふんっ、やめないからな」

彼は女穴から親指を抜くと、いきなりすぼまりに押しつけ乱暴に擦りつけた。

「いやぁ……」

「本当は感じてるくせに。ここにはいろんなモノ入れただろ。そこいらにあるモノ片っ端から。最初はボールペンだったけど、ホワイトボード用のマーカーとか、理科の実験用の試験管も突っ込んだことあったよなぁ。お前はひいひい泣いて喜んでた」

「喜んでません。怖かったから泣いたんです……試験管だなんて」

「お前が言ったんだろ。犯すなら肛門にしてくださいって」

「ああ、だって……私の、アソコに入れるモノは、アレだけって決めてますから」

「何がアレだ。ちゃんと言ってみろ」

「あ、それは……私がいちばん好きなモノです」

「じゃあ、そいつをしゃぶれよ」

ひややかな視線を投げかけるように言い放った後で、木原はゆっくりとズボンのファスナーを下ろした。

その瞬間にゆかりは、彼の股間に飛びついてこようとしたが、彼が遮った。

「その前に乳を吸わせろ」

命令口調の強い調子で言われて、ゆかりは「はい」とこっくり頷いた。そしてエプロンの陰に隠れていた片方の乳房を自分から差し出して、彼の口元にあてがった。新鮮なグレープフルーツを思わせるむっちりと大きく実った乳肉に、彼は即座に吸いついた。

「あ、ああっ……」

途端にゆかりの表情から脅えが消えて官能に変わった。

「そっちの乳も」

もう片方も要求されて、彼女は喜んで差し出した。木原は目の前の果実を手で揉みしだきながら、乳首を舌でつついたり転がしたり吸引したりするだけだったが、それだけでもゆかりは息を荒くしていた。

ふたつの果実を吸い終わると、木原は股間を指さしてゆかりに命令した。何も言わなくてもゆかりは目の前にそそり立っている肉柱に食らいついていった。

「だめだ、手は使うな。犬みたいに四つん這いになったまま、口だけでしゃぶるんだ」

「はい……」

ゆかりは木原の足元で、子犬のように小さく這うと、彼の股間に顔を突っ伏した。

「どうだ、旨《うま》いだろう」

小さな口いっぱいに肉杭を頬張ったゆかりは目だけ上げて頷いた。

「ふん、いやらしい女だ。フェラがそんなにうれしいのか」

どんなに蔑《さげす》まれても、ゆかりは口を離さず無心にペニスを吸い続けた。唾液で口のまわりがべとべとに汚れるのもかまわず、口をすぼめたまま深く飲みこんだりまた出したりを繰り返していた。赤紫色に膨れあがった逸物はてらてらと光り、力強く天を向いて立っていた。

ゆかりはまるで玩具で遊んでいるように、チュバチュバと音をたててしゃぶった。懸命に奉仕する様子を、木原はひややかな視線で黙って見下ろしていた。

「俺のザーメン、飲みたいんだろ？」

「はい、飲みたいです」

「じゃあ、深く吸いこんだ後、そこのくびれを集中して舐めろよ」

「はい、わかりました」

ゆかりは神妙な顔つきで頷き、これまでよりさらに深くくわえると思いきり吸引した。

「うむ、その調子だ」

ゆかりはその小さな口には収まりきれない太棹と格闘し、幹を舐めたり唇を這わせたりしてようやくくびれにたどり着いた。

「そう、舌でちろちろ舐めて」

ゆかりは舌を尖らせて突き出しくねくねと動かして亀頭の溝をなぞり始めた。そして先端の切れ目にも舌を這わせた。

「あっ、ああ……出る」

彼が小さく叫んだ次の瞬間、肉棒の先から白濁液が迸《ほとばし》った。ゆかりの長いまつげと頬にも飛び、残りは幹を伝わって流れた。だがゆかりは、すかさずそれを舐めてすくい取り、再び亀頭部分を口に含んで吸引した。

「先端を舐めて刺激するから、早く出たじゃないか。全部口の中に出したかったのに」

「す、すみません」

木原に叱られて、ゆかりは小さくなった。

「罰としてケツを出せ」

「何、するんですか？」

「うるさい。黙って言う通りにしろよ」

ゆかりはまだ濡れている唇を手の甲で拭《ぬぐ》うと、おとなしく彼に尻を向けて四つん這いになった。

木原は薄笑いを浮かべ、机の上の試験管にゆっくりと手を伸ばした。

「お前は、アソコに俺のちんちんを入れて欲しいんだろう」

「は、はい……入れて欲しいです」

「ふんっ、そうはいかないんだよ」

木原は手にした試験管をゆかりのアナルに一気にねじこんだ。「ぎゃっ」と叫んだゆかりは左右に体を震わせて抵抗した。

「や、やめてください」

「おいおい。あんまり暴れると、中で試験管が割れるぞ。案外もろい作りだからな」

「ああんっ、いやいや。これ、出して。出してください」

「いいかげん、おとなしくしろよ」

木原はゴムまりのような尻をぴしゃりと叩いた。すると途端にゆかりはおとなしくなって微動だにしなくなった。

試験管がぐぐっと深く沈んでいく……だがゆかりはされるまま、顔を真っ赤にして堪えていた。


「雨、もうちょっとで止みそうですよ」

携帯電話を手にして木原が戻ってきた。

妄想にふけっていた冴子はどきっとして顔を上げた。そこにはいつものように、爽やかな木原の笑顔があった。口調も穏やかな優しい先生だ。

「翼くん、雨に降られてないのかな」

「いえ、きょうは帰りにお友達の家に寄っているはずですから。五時ぐらいまでそのお宅にいると思います」

「ああ、それならよかった」

「あの、私、ちょっと、化粧室に」

冴子はあわてて席を立ち、ビル内にある女子トイレに駆け込んだ。

個室に入ってふうっと息をつき、パンティを下げてから便器に腰を下ろした。

案の定、股間はぐっしょりと湿っていた。いやらしい空想ですっかり体が反応してしまったのだ。突然木原が戻ってきて、まるで自分の頭の中を見られてしまったように動揺したが、彼が知るはずもない。

冴子は充血している肉芽に指を当て擦って刺激した。木原が店で待っているので時間がないし、人の出入りもあるので急いで処理しなければならない。

右手をせわしなくぐりぐり回すように動かしたり、指先でクリトリスをつついたりしてみた。次第に体の芯が熱くなって股間全体がじんじんと痺《しび》れたようになってきた。

——ああ、もうがまんできないわ。彼にバックから激しく犯されたいの。あられもない姿で突きまくられて、めちゃめちゃになるほど乱れたい。彼のアレを口いっぱいに頬張ってみたいの。ザーメンの最後の一滴まで絞り取って、飲んでしまいたい……

冴子は想像の中で、世にもいやらしい女になって悶えていた。

「あっ、あう〜〜、もう、だめ。いくっ、いくぅ〜〜」

声には出さなかったが心の中で喘ぎ叫んでいた。

家に帰ってから夕飯の支度をし、翼の宿題を少し見てやり、二人で夕飯を食べてからテレビを見て風呂に入り、寝る前にインターネットをして……と、ごく一般的な主婦の暮らしを冴子も送っていた。

ウイークデーに夫の影はほとんどない。週、五日から六日は母子家庭と同じだ。冴子が就寝するのは十二時過ぎだがそれまでに間に合わない日が半分以上だ。そんなに遅くまで何をしているのかよくわからないし、役所での仕事ばかりとは限らないだろう。酒を飲んで帰ってくることも多いし。

敏樹は仕事のことはほとんど話さないし、冴子もあまり訊かない。だが公務員として最低限のモラルは守ってほしいし、よからぬことを企んで将来を台無しにすることだけはないように願っている。それ以外ならある程度は自由にさせようと思っている。決して少なくない夫の給料のおかげで冴子は好きにしていられるのだから、深入りしない軽い浮気程度は仕方ないだろう。

だが、冴子はそれでもやはり少し寂しかった。翼にはだんだん手がかからなくなっていくだろうが、敏樹は死ぬまで付き合う相手だ。もう少し接点があってもいいのに、と冴子はキングサイズのベッドの横の空間を見ながら感じるのだった。

その夜、冴子がうとうとしていると、敏樹がベッドに入ってきた。きょうはいつもより少し早い帰宅だったようだ。冴子はパジャマ姿の敏樹の横にすっとすり寄っていった。

「ん、何だ」

無言で足を絡ませると、彼はため息をついた。

「疲れているんだよ」

「そんなこと、わかってる」

「朝じゃダメなのか」

朝するのは慌ただしくて好きではない。セックスというより処理に近いから。

「横になっているだけでいいわ。私がしてあげるから」

「そうか。だったら、いいよ。付き合いでパーティーに出たら、ずっと立ちっぱなしでさ。

足腰が疲れて疲れて、動かしたくないんだ」

「わかったわ。私が動かせばいいんだもの」

「途中で寝るかもしれないぞ」

「いいわよ」

「よほどやりたいんだな」

冴子は返事をする代わりに、敏樹のパジャマのズボンとトランクスをまとめて勢いよく下ろした。

黒い茂みの中には、くにゃりと小さな肉塊のペニスが息を潜めていた。冴子はやんわりと握って手で刺激を与えてやった。にぎにぎを繰り返すとやがて形を成していったが、まだ完璧な状態ではなかったのでおもむろに口に含んだ。

「フェラか、いいね」

敏樹は満足そうに目をつぶった。下半身だけ裸になって大の字になり、されるままになっている。

——私がどんな技を持っているか、知らないのはあなただけよ……

冴子は喉奥まで深く飲みこんで吸引した後、幹を舌で舐め上げ、くびれや切れ目も舌先を使って丁寧になぞった。そうするうちに、茎はしっかりと立って血管が浮き出るようになっていった。

「これなら十分、使い物になるだろう」

冴子は太棹の感触を楽しむように、しばらくの間は口に含んでゆっくりと出し入れを繰り返していたが、やがて口からはずすと、濡れててかてかに光った肉柱を握りしめた。サイズも形も固さも色も、それぞれ特徴がある、と見つめながら思った。だが回数だけを考えれば、このペニスでセックスした回数が最も多いのは事実だ。新婚当初は毎日欠かさずだったし、休みの日には朝も夜も暇さえあればベッドで抱き合っていた気がする。遠い昔の記憶になっているが。

「上になるわ」

「お、騎上位か。珍しいな」

冴子は肉柱を握ったまま敏樹の上にまたがった。女穴に命中するように位置を合わせてから徐々に腰を沈めていった。

「ん、入ってる」

彼は目をつぶったまま手も足も動かすことなく、されるままになっている。すっぽりと根元まで入ってしまうと冴子は少しずつ腰を動かし始めた。最初は上下に小刻みに、次第に動きを大きくしていった。

「おっ、いいぞ。けっこう上手《うま》いじゃないか」

——あなたとはやってないだけ。沢田先生とする時は必ず上になっているわ。先生が好きな体位だから。コツもよくわかっているけど、あなたの前ではぎこちなくしなくちゃね。

「ああ、何だか、恥ずかしいわ、この格好」

「今さら、何を。さあ、もっと腰を振れよ」

敏樹が下からぴしゃりと尻たぶを叩いた。冴子はそれに反応するように、少しずつ腰の振りを大きくしていった。本当は動きに強弱をつけたり、器用にグラインドさせたりはお手のものだし、たちまちいかせるコツも摑んでいる。しかしそんな秘技はここでは披露できない。

「うむ、前屈みにならずに、もうちょっと体を起こして。そうだ……」

彼は下から手を伸ばし、両手で乳房をわし摑み、掌でこねるようにゆっくりと揉みしだいた。

「どうだ。気持ちいいだろ」

「ええ、でも何か変な感じがするわ」

「下から突いてやる」

突然、ずんっと彼は腰を突き上げてきた。急だったので、冴子はバランスを失いかけ上半身がぐらついた。

――んもう、ヘタねえ。

「あんっ、驚いた……」

「平気だ。落ちないよ。一カ所しっかり繋《つな》がってるからな。深く杭が挿してあるから」

「いやぁん」

敏樹は笑いながら何度も腰を突き上げ、女肉への杭の打ちこみを続けた。

「あっ、あああんっ……深く入って、感じすぎちゃう」

冴子は大げさに反応し、敏樹の動きに身を任せた。

「ほら、ここんとこ、触ってごらん……根元だ。全部入ってるんだよ」

「ああっ、先端が、ごつごつ当たるの」

「ほら、ここ、根元だ。ああ、ぐちょぐちょになってるな」

彼は冴子の手を取り、結合部分を触らせた。

「いやぁん、は、入ってる」

しかし冴子は手を離さなかった。女穴にぴったりはまりこむように肉の棒が収まっているところを指で確かめるように触っていた。

――これ、沢田先生がいつも私にやらせること。繋ぎ目を触らせるの。

「根元までしっかり食い込んでただろう。ちゃんと見ろよ」

言われた通りに冴子は自分の股ぐらをのぞきこんだ。

「……見えてる。入ってるわ。いやらしい」

「そうだな。やらしいな。お前がしたがったんだぞ」

「ああんっ、ほんとに全部入っちゃってる」

「これがいいんだろ。満足か？　ほれっ」

敏樹はいきなり下からぐんっと腰を突き上げてきた。途端に冴子の上半身ががくんと反応する。

「どうだ。良くないか？　ほらほら」

彼はおもしろがってぐんぐん腰を突き上げていった。

「はあ〜〜んっ、だめっ。お願いだから、もう堪忍してよ」

「ふんっ、本当はやめてほしくないくせに」

「だめっ、おかしくなっちゃう」

「おかしくなれよ」

敏樹はむっくり上半身を起こすとそのまま冴子を後ろに押し倒した。繋がったまま二人は上下逆さになったのだ。

「最後はこっちの好きにさせてもらうからな」

「あんっ……」

冴子はすんなりと細い脛を敏樹の背中に絡ませた。こうすると接合が深くなるので、正常位で退屈な時は自分からしている。

「わかった。満足させてやるから」

ひたすら単調な抜き挿しが始まった。

──フィニッシュの前はとにかく、猿みたいに単純で芸のない、ただ擦るだけの抜き挿しを繰り返したいのよね。

「おっ、おおお……」

「あ、あなたぁ……いっちゃうの？」

「ん……いくっ、いくよ」

がっくりと力を抜いた男の体はことさらに重かった。

「ねえ、九條さん七階に最近越してきた人、知ってる？」

朝のゴミ捨ての帰り、エレベーターを待っていると友美が後ろからやって来て訊いた。

「七階って……ああ、若い人でしょ」

「そう、若くてきれいで、スタイルも良くて、ファッションもかなり今はやりの」

「けっこう目立つ人よね」

「九條さんの部屋の上だから、挨拶に来たかなあって思って」

友美は少し声をひそめて言った。その人物に興味津々だが自分からは話しかけられないので周りから情報を集めようとしているのだ。

「ううん。来ないわよ。挨拶するような感じの人でもないし」

「そうよね。今の若い人なんてそんなものかも。他人と関わり持ちたくないんでしょ。でもさ、だったら官舎なんかに来なければいいのにって思うけど」

「この場所でこの家賃だもの。官舎を利用しない手はないでしょ」

「確かに。いわゆる社宅っていうイメージはないものね。よく出来たマンションだし、市価の半分以下のお家賃だものね。昔は官舎の中に自治会があって、それなりにルールやなんかが面倒でお付き合いも大変だったらしいけど。婦人会の活動とかお茶飲み会とか……今はそんなものもないし付き合いも楽よね」

「その代わり、どんな人が住んでいるのかよくわからないわね」

「ほんと。例の七階の人も謎の人物よね。ほんとに奥さんかしら、なんて思っちゃう。この間なんか、ホットパンツっていうの？　すごく短いショートパンツにブーツはいて、キャミソールの上にジージャン。大きなサングラスかけて、まるで渋谷の若い子みたいな格好なの。

あれが人妻って感じ？」

「二十代前半にしか見えないけど。どんな旦那さんかしらね。顔が見てみたいわ」

「あ、見たことない？　私、知ってるわよ。二人でいるところ見たことある。旦那さんはおとなしそうで風采《ふうさい》のあがらない人よ。ぜんぜん似合いの夫婦ではないわね」

「いろいろな夫婦がいるものねぇ」

「あれじゃまるで愛人に見えるわよ。もしかしてそうかも……なんて」

「わからないものねぇ。裏で何してるか。自分の主人だって何やってるかわからないわ。悪いことしてここを追い出されるのだけはイヤだけど」

友美はひきつるような笑い声をあげた。冴子や友美がこうやって働きもせず、都内の一等地のマンションに格安で住んでいられるのもすべて夫のおかげなのだ。一部の国家公務員が、金に目がくらんだり金銭感覚がおかしくなったりで罪を犯しマスコミで派手に報道されているが、大半は公僕として真面目に仕事をしている。敏樹もそうだが友美の夫も、引っ越してきたばかりの若夫婦の夫もおそらく、毎日遅くまで役所で働いているのだ。その点は感謝しなければならない、といつも感じているのだが。

冴子と友美が立ち話をしていると、その時エレベーターが開いた。

話題の主が降りてきた時には驚いて思わず目を見開いてしまった。

「おはようございます」

「あ、おはようございます」

友美が挨拶すると、彼女ははっとした表情でこちらを見て返した。まるで二人がいることなど目に入っていなかったようだ。彼女は挨拶だけしてさっさと出て行ってしまった。

「なあに、あの態度。せっかく自己紹介しようと思ったのに」

友美はむっとした様子で彼女の後ろ姿に視線をやった。

「関わりたくないんでしょ」

「だからー、面倒な人間関係を避けたいのなら官舎になんか入らずに、民間のマンションで好きに暮らせばいいのよ。でも利用したいところだけはちゃっかり利用するのよね。いかにも今の若い人だわ」

「せいぜい十歳ぐらいしか違わないと思うけど」

「私とは一回りは違うでしょ。もう別人種よ」

「それにしても、こんな朝早くからフルメイクでお洒落してたけど仕事かしら」

「ぴたぴたTシャツにミニスカートで仕事？」

「ファッション関係とか」

「わけわかんない。謎の女ね。しばらくは話題を提供してくれるわ」

冴子は頷きながらも、つくづく自分たちは暇だなあと感じた。身の回り数メートルの範囲のことしか話題がないし、世間が狭い。社会性はゼロだ。だから……という言い訳にもならないが、冴子は夫以外の男たちと付き合うのだ。

七階の女が颯爽と出かけて行くのを見て、冴子も刺激されてしまった。引き出しの奥に大切にしまっている特別なランジェリーを身につけ、普段とは違うお洒落をして外出した。マンションを出る時はノーマルな膝丈のスカートをはいていたが、下車した駅にあるステーションビル内のトイレでかなり丈の短いミニスカートに着替えてその後はタクシーに乗った。

目的の家の前でタクシーを降り、チャイムを鳴らしてからドアが開くまでの間にしなを作った。

「どお？」

冴子はミニスカートの裾をさらに持ち上げて、自慢の足を誇示するようなポーズをとった。

「何だ、もう来たのか」

沢田は起きて間もないのか、まだ身支度を整える前で白髪まじりの髪が乱れていた。

「いきなり、何だ、はないでしょ。ちゃんと電話してから来たんだし」

「まだ午前中だぞ」

「主婦は朝が早いのよ」

「見せたいものって何だ」

「まあ、そんなに焦らないで。遠い道のりをやって来たんだから、ちょっと休ませてよ」

「さっき電話もらった時にはまだ寝てたんだ」

「わかってたわ」

冴子はアトリエの隅にあるソファに向かって歩いて行った。絵の道具は片づけられていた。

「最近は描いてないの？」

「ああ、写真とデッサンぐらいでね」

沢田は寝起きのせいかあまり機嫌が良くない様子で煙草に火をつけた。

「何か飲み物作ってくるわね。コーヒー？」

「いや、何か軽いアルコールがいい」

「朝から飲むの？　ま、いいか」

冴子はアトリエの奥にあるキッチンへ入って行った。料理はしないので、小さな流しとレンジがひとつ付いているだけの簡易キッチンで小型の冷蔵庫もあった。

「飲み残しの赤ワインがあったから、炭酸で割ってワインクーラーにしたわよ。美味《おい》しいかどうかわからないけど」

背の高いグラスに二杯分のワインクーラーを作るとトレイに載せて持ってきた。

「おお、これはこれは何と魅力的なウエイトレスだ」

全裸に白いエプロンだけを身につけた冴子は、トレイを片手で持つと肩のあたりに掲げるようにしてポーズをとった。エプロンの生地はとても薄くおまけに白なので、その下の肌が透けて見える。先端がツンと尖った乳首はその存在を誇示するようにエプロンの胸元を押し上げているし、ぎりぎりで何とか隠れている下半身は黒い三角形がうっすらと映っている。

「お気に召したかしら」

冴子は唇の端に笑みを浮かべながらゆっくりと歩いてテーブルにグラスを置いた。そしてくるりと踵を返し、トレイを置きにまたキッチンに戻って行った。後ろ姿に自信があると言わんばかりに腰を振り、左右に体を揺らしモデルのように歩いた。大きく結ばれたリボンが臀部に止まった白い蝶を思わせたが、尻たぶが僅《わず》かにエプロンで隠れているだけで割れ目はあからさまだった。太股から足首にかけての線の美しさは抜群で、ヒールの高い華奢《きゃしゃ》なミュールがレッグラインを強調していた。

「やるじゃないか」

「ふふっ、きっと気に入ると思った」

冴子は立ち止まり、腰に手を当てながら沢田の方を振り返った。

「それを見せたくて来たのか?」

「ええ、このエプロン、いいでしょ。フランス製よ。きっとこうやって使うための物なんでしょうね」

「ああ、いやらしいメイドが主人のためにつけるんだ」

「ねえ、写真に撮ってもらえるかしら?」

「いいよ」

沢田は頷き、ゆっくりとワインクーラーを味わった。

シャワーを浴びてくると言って彼が席を立った後、冴子はひとりでベッドルームに移動した。すぐさま写真を撮ってくれるものと思っていた冴子には少し拍子抜けだった。沢田は起きたばかりでまだぼうっとしているのだろうか。

ベッドの上はシーツや毛布が乱れていた。ふたつ並んでいるはずの枕のうちひとつは床に落ちていたので拾って元の位置に戻した。だがその時、グレーのシーツの上に長い髪の毛を見つけ小さく息を呑んだ。

ゆうべこのベッドに女が寝たのは明らかだ。ひょっとすると、冴子からの電話であわてて帰ったのかもしれない。ほかに何か痕跡がないかと調べると、部屋の隅の屑籠《くずかご》にティッシュが山盛りに捨てられているのが見つかった。

「腹減ったな。何か食べるけど、君もどう？」

バスローブをはおった沢田が戻って来て言った。

「コーヒー淹れようか」

「私、ずっとこんな格好して、何かバカみたいね」

「え？　それ、気に入っているんじゃなかったのか？」

「バカみたいだわ。わざわざこれを見せるためにやって来て。どうかしてたのよ」

冴子は自分が着てきた服を取りに行くため、彼の体を押しのけた。

「何を拗《す》ねているんだ。写真は撮るよ、あとで」

「ゆうべ、女が来てたのね。わかっているんだから。何度も抱いて疲れているんでしょ？　バレてるわよ」

言い終わると大きく肩で息をついた。

「おやおや、冴子はやきもちを妬《や》いているんだな。まあ、機嫌直せよ。いい写真撮ってやるから」

「私なんかより、ずっと若くてきれいなモデルを見つけたのね」

「若ければいいっていうもんじゃない」

「でも若いんでしょ。ゆうべの子はいくつなの？」

「ん、二十一かな」

「ええっ、私より一回り以上若いのね。かなうわけないわ」

「張り合う必要なんかないじゃないか。君は君できれいなんだから」

「そんな気休め言わないで。もう、いい」

「まあまあ」

沢田は冴子をベッドに押し倒そうとしたが、冴子は本気で抵抗してきた。

「抱けば文句も言わなくなるって思っているんでしょ。いつもそういうのを繰り返してきたわ」

しかし冴子のあらがいも効力は少なく、ベッドルームから出ようとするところを背後からしっかり捕らえられてしまった。

「いやっ、放して」

手足をバタつかせたが所詮《しょせん》はむなしい抵抗で、冴子はベッドの縁に後ろ向きで押しつけられた。剝き出しの尻の上に、白い蝶が羽根を広げたようにリボンが結ばれている。

「こんないやらしい格好をして、自分で興奮していたんだろう」

沢田はうすら笑いを浮かべながら、エプロンには隠れていない白く光る桃のような尻たぶを撫で、割れ目を指でなぞった。

「お前がしてほしいことは、言わなくてもわかってるんだ」

「ちがうの。抱いてほしくて来たんじゃないわ……ちゃんと話をきいてよ、あっ、あうううっ」

冴子はその瞬間、頭をくっとのけ反らせた。杭が打ち込まれたのだ。

「ほら、こいつが欲しいんだろう？　亭主だけじゃ満足できなくて、はるばる遠くまでやって来て……欲張りな女め」

沢田は恨みでも晴らすような調子で深く強く、抜き挿しを繰り返していった。

「はっ、はあんっ」

どんなに抵抗しても、ひとたび貫かれてしまうと身を任せてしまう悲しい習性だ。冴子は手足を踏ん張り尻を突き出して、彼のピストンを受け入れた。

「ああんっ、こんな格好のまま、ひどい……」

「この格好のまんまでやってほしかったんだろ。でなけりゃ、朝っぱらからこんな姿で……本当にスケベな女だな」

「先生が喜ぶと思ってしたのよ。でも、ゆうべは若い子とお楽しみだったのね」

「ああ、たっぷり楽しんだぞ。三回せがまれたからな、五十のおっさんにはこたえるよ。ようやく帰ったと思ったら、今度は好色な人妻がケツ出して待ってるし」

「三回も、ですって？　そんなに……」

冴子は沢田を振り返り、キッと睨んで言い放った。アナルに入れていた力が、その瞬間さらに強まってきゅっと巾着のように絞られた。

「おっ、締まるな。アソコが締まってるぞ」

さすがにゆうべの乱行がたたったのか、彼の腰の動きは緩慢になっていたが、冴子が締めつけてから急に巻き返した。

「若い子のアソコはさぞかし締まるんでしょうね。私なんか、子どもも産んでるし、もうゆるゆるかしら」

「若くても……最近の子は遊んでるからな……むしろ人妻の方が遊んでいないし、尽くしてくれるし、それなりにテクはあるしで……気持ち、いいんだ」

「それなら、私を馬鹿にしないでもっと感謝してほしいわ」

「ああ、すごく気持ち、いい。やっぱり冴子のま○こは最高だな」

沢田は目をつぶって後ろから突きながら感触を味わっている様子だった。

やがて彼は……きのうから何度も放出してすっかり薄まって量も少なくなった精液を、冴子の中にまき散らしたのだった。

第五章　売春ごっこ

「でもこの間のレストランは嫌よ」

「ん、お気に召さなかったか？」

冴子は起きあがってすっかり身支度を整えていた。もうエプロンでの遊びは終わったので、遅めのランチをとるために出かけようとしていた。

「もう恥ずかしいわ。それにウエイターとあんなことに……」

「ああ、お前さんのタイプだと思ったんだが、気に入らなかったか」

「そうでもないけど、お店の外のあんな場所で何も」

「意外な場所でするのが刺激的なんだろ。これでも冴子の望みをかなえてやるのに、こっちはいろいろ考えているんだからな」

「夢の話をそのまま実行するなんて聞いたことないわ。実行できないから夢にみるのに」

「いや、そんなことはない。お前の夢は実現可能なことばかりだからな」

「とにかく、私は死ぬほど退屈な毎日を送っているから、何か刺激がほしいのよ。少々危険でも恥ずかしくてもいいから」

「恋愛はしないのか？」

沢田はにやりと笑い、煙草に火をつけた。

「不倫だなんて、冗談じゃないわ。面倒なことになるとやっかいだし、第一そんな相手、いないもの」

「気になっている男ぐらいはいるだろうに」

冴子の返事があまりにも素っ気なかったので、逆に怪しまれてしまった。すぐに木原の顔が思い浮かんだが、彼とのことは完全に空想の世界のできごとで何ひとつ進展していない。

「まあ、ゆっくりメシでも食べながら、お前さんの愚痴を聞いてやるよ」

「やさしいのね」

「きっと気に入ると思うよ、その店」

冴子は沢田の運転する車に乗って出かけた。近場のレストランを想像していたのだが、車には一時間近く乗り、とある有名な住宅街にやって来た。一軒家の駐車場のような場所で二人は降りた。表札ぐらいのごく小さな看板は出ているが、くずした文字なので店名は読めないし入り口も照明が暗く、営業中なのかどうかもわからない。

「こんなところにお客が来るの？　隠れ家的なお店なのかしらね」

冴子はわくわくしている自分を抑えられなかった。

「会員制なんだよ。フリーの客は来ない」

沢田が入り口の前に立ち、チャイムを鳴らすとすっとドアが開いた。

「あら先生、いらっしゃいませ」

若い女がにこやかに応対した。ボブカットで東洋風のメイクをし、チャイナドレスのような体にぴったりしたドレスを着ていた。

「久しぶりだね。きょうは女性の連れがいるんだ」

「まあ、お綺麗な方ね。どうぞ、こちらへ」

女が先導して階段を上った。よく見ると、チャイナドレスの後ろは腰の部分が大きく丸くカットされ、ヒップの割れ目が五センチぐらい見えていた。胸にもくり抜いたような穴が開いて乳房の谷間がのぞいていたし、ウエストの両脇も不必要な開きがある。変わったデザインだと思ったが、下着をつけていない証明のようにも見えるし、どこからでも服の下に手が入る仕組みとも受け取れる。冴子は女の後ろ姿をじろじろ見ながら階段を上った。

二階は入り口とはうって変わって明るかった。広いフロア内にはテーブルが点在していて、四人の女性が給仕していた。その姿を見て、冴子はあっと声を出しそうになった。彼女たちは全員、裸にエプロン一枚だけしか身にまとっていなかったのだ。思わず沢田の方を見ると彼はにやっと笑い、案内されたテーブルにさっさと着いた。

「いらっしゃいませ。いつものコースでよろしいですか？」

にこやかに応対したウエイトレスの女性は、あきらかにウィッグとわかる髪に濃いめの化粧をほどこしていたが、まだ若そうだった。淡いローズ色のレース生地でできたエプロンは、冴子が買ったものより遥かに高級そうだ。その上、胸も股間もぎりぎり最小限しか隠さないデザインだし生地も薄くて透けているので、まさに目のやり場に困るコスチュームだ。もちろん後ろを向けばヒップは丸見えだ。

どの女もハイヒールを履いた足はすらりと長くて形も良く、ウエストはきゅっと締まってヒップの形は良くてボリュームもある、といった素晴らしいプロポーションをしていた。冴子のテーブルに来た女は胸も豊かでエプロンの脇からちらちらと乳房がはみ出して見えた。

「そうだな、いつものを頼むよ。ここのしゃぶしゃぶは旨いんだ」

「ええっ、しゃぶしゃぶなの？」

「そうだよ。昔、流行《はや》ったの、知らない？　ノーパンしゃぶしゃぶって。今どきこの店ぐらいしかないだろうけどね」

「聞いたことはあるけど。だけど、この衣装……」

「ははは、だから君がエプロンつけて出てきた時、驚いたよ。ここに来たことあるのかと思った」

「あるわけないわ」

二人が話している間にも、給仕の女たちは次々にやって来て、おしぼりを差し出したり、しゃぶしゃぶのセッティングをしたりビールを運んだりこまごまと働いていた。

「すごいサービスね。よほど人手が余っているんだわ」

「ひとつのテーブルにだいたい三、四人つくんだ。鍋から器によそうのまでやってくれるよ」

「そこまでされたら、こっちが気を遣っちゃう。食べた気がしないわ」

「そうだな。こっちも見るのが忙しくて食べた気がしないよ」

大理石風の床はところどころに鏡が埋めこまれている。その上を女たちが通ると、当然のことながら「暗部」が映し出される仕組みになっている。それを知ってか、彼女たちはなるべくその上を歩くようにしているようだし、サービスのつもりかその上で立ち止まったりポーズを作ったりしていた。

「すごいお店ね。こんなところとは思わなかった」

「刺激がほしいんだろう？」

沢田が煙草をポケットから取り出しただけですぐさま女がライターを差し出し、別の女が灰皿を持ってやって来た。本当に至れり尽くせりのサービスで、箸を口に入れる以外のことはすべてやってくれた。もしかすると、頼めば食べさせてくれるかもしれない。そういったことを望む客がいないとも限らない店である。

冴子たちのほかに客は一組いたが、席が離れているので顔はよくわからない。初老の男性二人連れといった感じだったが、彼らもまた食べるよりは「鑑賞」の方に忙しい様子だった。彼女たちが近づいてサービスするたびに、薄布一枚でへだてた若い肉体を感じているのだろう。おとなしく眺めているだけで、触ったりはしていないようだが、たまにぴちゃっという尻を叩くような音がして女の笑い声が聞こえるので、適度なお触りは可能なのだろう。

「ああ、きたきた。あれがここのママだ」

巻き髪をたらし、唇の横にはつけぼくろをした妖艶《ようえん》な女がしずしずとやって来た。沢田がママと呼んだ女はエプロンではなく体にフィットした黒いドレスを着ていたが、胸が大きくくれて、その上ヒップにも丸い穴が開いているデザインだった。ドレスの両サイドはごく薄いレース生地が使われているので肌が透けている。ドレスの下には一切下着も身につけていないことを誇示しているようだ。

「いらっしゃい、先生。きょうは素敵なお嬢様をお連れなのね」

ハスキーな声で話しかけながら二人にワインを注いだママは、あでやかだが四十はとうに過ぎているように見えた。もう尻を出す年齢ではないのだろう。よくよく観察してみると、ウエイトレスの女たちの中には冴子より年上に見える女もいた。きれいでスタイルが良くても、これだけ露出が多い姿をさらしてしまうと年齢は隠せない。しかし客の年齢層も高そうなので、それでニーズが合うのかもしれない。

「ママ、後でこの子を奥に案内してやってくれるか？」

「はい、かしこまりました」

ママは妖艶に微笑《ほほえ》んで冴子の方にも視線をやった。

「奥って、何があるんですか？」

「ご存じないのね。いらっしゃってみればおわかりになるわ」

「秘密の場所なんですか？」

「あら、もうちょっと召し上がらないと」

ママは肉を取ってくれようとしたが、冴子はその手を遮った。

「お口に合いませんでした？」

「いいえ、とっても上等なお肉で美味しいんですけど、もう入らなくて。昼間だし、そんなには……」

「まるで小鳥の胃袋なのね」

ママは嫣然《えんぜん》と笑って、その笑顔のまま沢田を見た。

「じゃあ、お連れしてもいいかしら？」

「ああ、行ってくれ」

ママに手を差し出され、冴子は立ち上がった。半裸の女たちの中で、ワンピース姿の冴子はかえって恥ずかしいような気がしたが言われるままについて行った。

奥、と呼ばれた場所は楽屋のようになっていて、女性たちが着替えたり化粧をする部屋だった。大きな鏡のついた化粧台が三台と、カーテンで仕切られたスペースがあり、その奥にも小部屋があるように見えた。

「あなたにはこれがいいと思うのよ」

クローゼットからママが取り出したのは、赤いレースのエプロンだった。フロアの女たちが身につけているのと同じデザインで、ごく薄手のレース生地で作られている。

「えっ、これ、私が着るんですか？」

「嫌い？　ほかの色の方がよかったかしら」

「いいえ、色はとってもきれいだし好きですけど。でも、私……」

冴子は無理やり渡されて手にしたもののどうしていいかわからなかった。

「着てみたいんでしょ？　そんな顔しているわ。ちょっと試してみたら？　鏡の前に立って見てみるだけ、それだけでもいいのよ」

「でも私、自身がないし……」

「じゃあ、これを使うとすごく大胆になれるわ」

ママが取り出したのは、顔の半分が隠れるマスクだった。西洋の仮面舞踏会などでよく使われるような型で、大きな眼鏡のような形になっているものだ。

「まるで自分じゃないみたいになるのよ」

その時、奥の小部屋のドアが開いてひとりの女が出てきた。エプロンはつけず全裸の上にローブをじかにはおっていた。

「ああ、疲れた。おじいちゃん、やっと解放してくれたわ。もうくたくた」

「エミリちゃん、お疲れさま。あら、口紅すっかり落ちちゃって」

エミリと呼ばれた女は化粧台の前の椅子にだらしなく座った。この店の女たちはみな外国人の名で呼ばれているらしく、先ほどもシンシアという名を耳にした。エミリはすでに乱れかけていた髪をさらにぐしゃぐしゃにほぐした。そしてローブからはみ出した形の良い乳房を隠そうともせず、煙草を吸い始めた彼女は、他のウエイトレスたちと同様に濃いメイクをほどこしていたがなかなかの美人だった。

だがその顔を見て冴子はハッと息を呑んであわててカーテンの陰に隠れた。エミリは七階に越してきた徳田沙織《とくださおり》だったのだ。先日、友美が名前を調べてきて知ったばかりだ。実際に言葉を交わしたのは挨拶程度だが、特徴のあるハスキーな声は彼女に間違いない。いつも派手な格好で出かけると思っていたが、こんなところが彼女の「職場」だったとは驚きだ。冴子は着替えるふりをしてママとエミリの話に聞き耳をたてた。

「あのおじいちゃん、キモいんだもの。三十分もかけて全身を舐めまくるのよ。足の指の股まで一本一本丁寧に。もちろんおっぱいとアソコは特に念入りにだけど、時々感じてるふりしなくちゃならないから疲れるのなんの」

「サービスだから仕方ないわね」

「耳の穴まで舌を入れてくるの。気持ち悪いったらないんだから」

「ナメナメだけで三十分か。気持ち悪いのをがまんすれば体は楽ね」

「えー、お返しに私も同じぐらいフェラさせられるんだもの、ちっとも楽じゃない。落ちにくいタイプの口紅をあんなにしっかり塗ってたのに、もうこんなに剝げちゃって何にも残ってない。どのくらいしゃぶらされたかわかるでしょ」

「立ったの？」

「それがまた一苦労でさ。さんざん舐めてようやく半立ちぐらいになったと思ったら、またすぐふにゃチンに戻って一からやり直し。手でしごいたり握ったり、タマの方まで口に入れたり大変なんだから。自分の唾液で唇が荒れそうになったし、ずっと舌でれろれろしてたからもう疲れちゃって。でもまあ、デカすぎるのよりはましかな。いつかロースハムみたいなのしゃぶらされてマジ顎がはずれるかと思ったもの」

「ロースハム？　それ、入ったの？」

「ううん、私にはとても無理。壊れちゃうもん、あんなデカいの入れたら。あの時は確かロージーさんと二人でお相手したから、最終的には彼女がいかせたの。トリプルだとひとりの負担は減るけど相手の要求も多いから大変よ」

冴子は固唾《かたず》を呑んで聞いていた。どうやらこの店は、表向きはレストランだが裏では相当にきわどい行為がされているようだ。友美に聞かせたいような内容が満載だが、話せないのがとても残念だ。

「あんなデカいのが入っちゃうロージーさん、凄いわよ。尊敬しちゃう」

「子どもが三人もいるんだもの」

「子ども産むとやっぱりアソコがゆるくなるのかな。だったら私、子どもは産まなくていいや。今は締まりがいいって言われてるのに」

「そのうちに欲しくなるんじゃない？　今はまだ二十四でしょ。うちの最年少だものね」

「年齢詐称して二十二ってことになっているけど」

「そんなのいい方よ。四十八なのに三十九ってことにしている人もいるんだから」

「あ、だれだかわかるー。人妻専門でも、やっぱり若い方がいいのかな」

「うちのお客さんは、しっとりと優しくて尽くしてくれるタイプが好きなの。だから若ければいいっていうのとは違うけど」

「そういう風に演じるの、すっごく疲れるけど充実感があるのよね。知らないオヤジにここまで奉仕している自分に酔っちゃう」

「旦那さんにフェラ三十分なんてしないでしょう」

「あり得なーい。うち、旦那は仕事人間でセックスレスだから」

「で、おじいちゃんとは最後までいったの？」

「あのじいさんは挿入がセックスのすべてだと思っているから、半立ちでも何でもとにかく入れたいわけよ。でも自分で挿すのは無理なのね。すぐやわらかくなっちゃうから。正常位で何とかインサートして腰を動かしてもすぐぽろっとはずれちゃうのよ。何度もトライしたんだけど。それで、私が上にのっかって、アレを手で誘導して私の中に入れるの。それだとピンピンに固くなくても何とか入るから」

「まあ、苦労しているのね」

「でも、私が腰を振るとまたすぐぽろんだから、あまり動かずに入れたまま中でじわじわと締めつけてあげるんだ」

「エミリちゃんでないとお相手はつとまらないわね」

「そう、私のアソコは締まりの良さが売りだから、なにせ若いし、なんちゃって」

エミリの言い草に冴子は少し不快感を覚えた。いかにも若い女の特権のような口ぶりだが、その点なら冴子だって負けない自信はある。

「おじいちゃんは下からおっぱいを揉んだり吸ったりしていて、私も感じたふりしてよがるとその刺激で何とかいっちゃうの。ジュースはあんまり出ないと思うけど、一応射精はするみたいよ。七十近いからしょうがないよね」

「お疲れさま」

「でも合体しているのは全部で五分もないけどね。一時間まるまる挿入しっぱなしっていう欲張りなお客もいるけど、それよりは楽かな」

その時、ママは店の方から呼ばれたのでその場を離れた。エミリもシャワーを浴びると言って奥へ消えて行った。

冴子はたった今耳にした話題にすっかり興奮し、着替えが終わるとエプロンひとつになってカーテンから出た。全身が映る鏡で確認してみたが、フロアにいる女たちにくらべて見劣りしないという自負はあった。靴が合わないので、そこいらに転がっていたヒールの高い赤いサンダルを履いてみた。

体の大事な部分だけを最小限だけ隠している赤いレースのエプロン一枚だけを身にまとったその姿は、まるでパリかどこかの売春婦のようだと思った。実際にパリの娼婦を見たことはないが、どこか物憂げで、品がなくてもプライドだけは高そうなイメージだった。

冴子は顔にマスクをつけると思いきってフロアに出てみた。一本のラインの上を歩くモデルのようなウォーキングでゆっくりとフロアを一周し、沢田の前に立ってポーズをとってみた。

「おお、いいね、いいね。こりゃ、完璧だ」

「そう？　この色、イマイチじゃない？　私に合うかしら」

「似合うとも。赤は着せたことなかったけど、お前さんの白い肌によく合ってる」

「ママさんが選んでくれたのよ」

「マスクをつけると大胆になれるだろう」

「素顔じゃちょっと出られない。ここの人たち、勇気あるわね。みんな人妻なんですってね」

「そうだよ。秘密クラブだ」

「これ、横からおっぱいが見えちゃうわね」

「ちらちら見えてるよ。それ、冴子が持って来たエプロンより露出が多いし、うんといやらしいな」

「だって、私のエプロンは普通にデパートで売られていたものよ。これはぜんぜん意味が違うわ」

「そっちじゃなくて、ここに来て立ってごらん」

沢田は床を指さして言った。

テーブルの横の位置に鏡がはめ込まれている箇所があって、女たちはサービスでそこに立つことになっているのだ。

「うむ、そう……もう少し足を開いて」

つま先を外に向けて足を開くとよく映るようだ。

「おお、見えてる。お前のアソコが鏡に映って見えてるぞ」

沢田は子どものように笑ってはしゃいでいた。

「ここ、何度も来ているんでしょ？」

「ああ、しかし知ってる女がここに立つのは初めてだから」

「ふうん」

沢田と話しながら、冴子は遠くの席から熱い視線が注がれているのに気づいていた。来たばかりの客のようだが、壁側の席にひとりで座って冴子を見つめている。

「なんか、私のことじっと見ている人がいるんだけど。もう行くわ」

「見られたいから来たんだろ。いいじゃないか、せいぜい見せてやれよ。顔も隠してるんだし」

冴子が奥に戻ろうとした時、ママがすっと近づいて来た。

「ねえ、あなた、ちょっと来て。手伝ってくれない？」

冴子はママの後についてバーカウンターの前に来た。

「あの、私、何もできないんですけど」

「わかってるわ。水割りを作れなんて言ってないわよ。これをあちらのお客さまのところに持って行けばいいの。ただ置いてくるだけでいいから」

「本当に、何もしなくていいんですね」

「あ、別に、何かしたければそれでもいいのよ。おひとりだから、お話のお相手しても」

「いえ、いいです」

冴子はママに頼まれた通りにおしぼりをひとつ運んだ。ウエイトレスでもないのに手伝いを頼まれるなんて納得がいかないけれど、マスクもつけていることだし、もう少しこのフロアで視線にさらされたい気持ちもあった。

壁際の席にひとりで来ていた客は五十歳ぐらいに見える品の良い男性だった。口元にうっすらと笑みを浮かべながら冴子の姿に見とれた。頭のてっぺんからつま先までじっくりチェックするように見入った。

「どうぞ」

接客の仕事など生まれてこのかたしたことがない冴子はどうしていいかわからず、小さくつぶやいておしぼりをテーブルの隅に置いた。ちゃんと鏡に映るよう立ち位置は工夫したが、足は広げなかった。それでもヘアだけは映っているはずだ。

「ありがとう。広げてくれないの？」

「え、そ、そんなことは……」

「おしぼりが、そんなに大変かい？」

冴子はハッと気づいて慌てておしぼりを広げ、客の目の前に差し出した。てっきり足を広げてくれと言われたと勘違いしたのだ。顔から火が出るかというくらい恥ずかしさでいっぱいだった。

「失礼します」

冴子はそそくさとその場を立ち去った。後ろ姿は腰のリボン以外ほとんど何も隠していないので、ヒップは丸出しといってもいいぐらいだ。舐めるような視線を背に受けながら、冴子はようやくカウンターに戻ってきた。

「ごめんなさい、お使いだてしちゃって。これ、あのお客さまからあなたへ」

グラスに入ったドリンクが渡された。冴子はちらっと振り返って軽く会釈してから飲んだ。とても喉が渇いていたので一気に半分ぐらい空けてしまった。

「あ、これ、お酒なんですね」

「そうよ、カクテル。オレンジジュースだと思ったの？」

「ええ、大きなグラスに入っているし、てっきり」

「ジュースをおごる人はいないわ。ウォッカで割ってあるの」

「でも、おいしい」

残りはゆっくり味わった。本当はおかわりしたいぐらいだが、ウォッカが入っているならアルコール度数は低くないはずなので控えることにした。ふとフロアに目をやると、エミリがトレイを片手に周回しているところだった。この店の女たちは、用事がなくてもフロアをうろうろ歩き回るのが仕事のようだ。冴子はマスクをつけているので正体がばれる心配はない。

エミリは冴子と色違いの真っ白なレースのエプロンをつけていた。抜群のスタイルで、丸く引き締まったヒップはきゅっとアップしてボリュームがあるが形が良く、ウエストは男の両手が回りそうなほど細く下腹はぺちゃんこだった。パンッと張った乳房はエプロンの胸当てを押し上げ、桜色の乳輪と小粒な蕾がレース生地からうっすら透けて見えた。白のエプロンはもっともよく透けて見え、黒いアンダーヘアが作る三角形もはっきりと見てとれた。

どうやら年齢が高くなるほどエプロンの色が濃くなっていくようだ。今、フロアにいる女たちは、エミリの白と冴子の赤のほかは、ピンクとすみれ色、そしてエメラルドグリーン。グリーンの女は少々年季が入っていて、大きく張り出した臼《うす》のようなヒップや下がりぎみの乳房から年輪を感じさせた。だがこの店では売れっ子なのか、自信満々の様子でねり歩いていたし、客からも声がかかった。

「奥の部屋に行っていてくれないか？」

沢田はカウンターにやって来て言った。

「え、奥って？」

先ほど冴子が着替えをしたドレッシングルームを指さしたので、もう服に着替えろということだと思い、冴子はカウンター席から立ち上がった。

「そこじゃないわ、こっちよ」

冴子がカーテンを引いて着替えようとすると、ママがやって来て言った。

「あっちの部屋のことよ」

「え、あっちは……」

「そのまま待っていればいいの。あのドアを開けて入ってね」

そちらは先ほどエミリが仕事をしていた部屋のはずだ。また沢田が何か企んで、こんな場所で一戦を交えようというのだろうか。冴子のエプロン姿を見て興奮したのかもしれない。

冴子はゆっくりとドアノブを回し、中に入った。小さな部屋は実にシンプルで、セミダブルのベッドと二人がけのソファがあるだけだった。茶系を基調にしたインテリアはそれなりに凝って重厚な雰囲気ではあったが、明るく華やかなフロアとは別世界だった。

冴子はソファに腰掛けて沢田を待った。一気に飲んだカクテルは、ジュースのように口当たりがよかったがアルコールは強めだったようで、少し気持ちがよくなってきた。だれもいないのでマスクはもうはずしていた。

「いやあ、待たせちゃったね。ごめんごめん」

突然、ドアが開いて入って来たのは沢田ではなかった。先ほど冴子がおしぼりを運んだ男性客だった。

「は？　部屋、まちがえてません？」

冴子は目だけ上げて素っ気なく返した。

「何、とぼけてるの、指名したのはこの僕だよ」

「指名？」

「リサちゃんていうんだってね。ママから聞いたよ。きょうはデビューだってことも」

やられた！　と、冴子はすべてが理解できた気がした。沢田とママは通じていて、冴子にこの店でウエイトレスをさせるつもりだったのだ。人妻専門の秘密クラブ……最初に見学させてから恥ずかしいコスチュームを試してみるよう促し、冴子を十分に興奮させておいてから客をとらせる……そういう魂胆だったのだ。リサなどという源氏名も勝手に用意して客に呼ばせているのだ。

「マスク、はずしてくれたんだ。どれ、顔をよく見せて……うむ、なかなか美人じゃないの。ああ、よかった。もっともこの店の子はブサイクはいないけどね」

男はしげしげと冴子の顔に見入って、満足そうにつぶやいた。

「僕はね、この店でお初の子は全員いただくことにしているんだよ。最初はやっぱり、あのエプロンはちょっと恥ずかしいだろ。スケスケだしお尻は丸出しだもんなあ。でもちょっと、照れているところも可愛いんだよな。うん、リサは赤が似合う。情熱的なんだね。あ、僕はね、吉川《よしかわ》っていうんだ、よろしくね」

吉川は冴子の隣にぴったりと座って太股を撫で、エプロンの下にもさっそく手を入れた。

「あ、あの、私……別のお客さんを待っていたんですけど」

「別の客？　そんなもの知らないよ。僕はちゃんとママに話は通しているんだから、僕に権利はあるんだからね。お客と直接交渉しちゃダメだよ」

「そんなこと、私は知らないし」

「何してるんだよ、この足。そんなにぴったり膝をつけてちゃ、手が入らないだろ。もったいぶらないで触らせろよ。一時間なんてあっという間なんだから」

「一時間？」

どうやら冴子の体は一時間、吉川に買われてしまったようだ。ここでは何をされても拒否できないし、どんな要求でも受け入れなければならないのだろうか。彼は胸にも手を伸ばしてきて、エプロンの脇から手を入れ遠慮もなく揉んだ。

「エプロン、脱ぎますか？」

冴子は腹を決め、吉川の方を向き直って訊いてみた。

「いや、もっと後でいい。しばらくはこのいやらしい格好を楽しみたいんだ。裸よりもっとスケベな格好だよな」

彼は冴子の股間に手を伸ばして草むらをまさぐった。すぐに亀裂を見つけるといたずらな指が中にもぐっていった。

「ああ、すごいね、ここ。もうぬるぬるになってるよ。よく床に滴り落ちなかったもんだ。いつもこんなに濡れてるの？」

「体質なんです」

「そうか、リサは根っからのスケベ女なんだね。どれ、立って、ここに手をついてごらん」

いきなりバックから押し入れる気なのか……冴子は覚悟を決めてソファに両手をつき、おとなしく吉川の方に尻を差し出した。

「おお、これはよく見えるな。アナルもアソコもばっちりだ。僕はこのアングルから女性器を見るのが案外好きなんだ。ふんふん、どれ……」

「ひっ」

短く叫んだのは予想と全く違うことをされたからだ。吉川は舌をとがらせ、アナルにねじこんできたのだ。奥まで入りやすいように指で引っ張って襞を広げたりしている。

「いやん……」

「ふふん、尻を舐められて恥ずかしいのかい？　僕は穴が好きなんだ。もちろんここも」

菊門に飽きると今度は女肉に取りかかった。まずはスリットに添っておおまかに舐めあげた後、花弁を指で広げたり、フリルをつまんだりして舌先を進入させた。

「どうだ、感じるかい？」

「ええ、変な気持ちが……」

四つん這いの姿勢でクンニリングスされるのは何度も経験があるが、その時とは違った底知れないいやらしさが彼の舌を通じて伝わってきた。

「こっちはどうだ？　ちょっとだけいい気持ちにさせてやるよ」

吉川は皮に包まれている肉豆を器用に剝き、いきなりそこに口をつけ音をたてて吸った。繊細な舌の動きが、肉芽をとらえ舌先でなぶった。

「あっ、そこは感じすぎちゃう」

「リサの一番感じるところだもんなあ」

「あんっ、もっとしてくれてもいいのに……」

「あんまりやると気持ち良くなりすぎるから、このくらいにしておこうか」

「いやいや、ねえ、もう少しだけ口でして」

「しょうがないなあ。ヤミツキになるなよ」

冴子のわざとらしいおねだりに、吉川は笑いながら応えてクリトリスを吸ってやった。できるだけ前戯を長引かせ、本番の時間を少なくしてもらいたいのだ。

「はあっ、すごい感じる」

だが冴子の反応が少々大げさだったためか、吉川は冴子にエプロンを取ってベッドへ横になるように言った。いよいよ本番が始まるのだ。

「うむ……リサちゃんは三十二、三かな。おっと、女性に年齢の話題は御法度《ごはっと》か」

冴子が全裸になってサンダルを脱いでいると、吉川はしげしげと眺めながら言った。

「そう、かもしれないですね」

笑ってごまかしながらも冴子は少しむっとしていた。それは彼が言った年齢がほとんど当たっていたからだ。まだ二十代で通用するだろうという自負はもろくも崩れた。やはり女に対して目が肥えている男には三十女の年齢はごまかせないようだ。

「大丈夫だよ。ここは四十過ぎてる子もいっぱいいるからね。それに、僕は青い果実より熟したのが好みだから」

吉川は自分も服を脱ぎ、冴子の上にのしかかってきた。年齢がばれたことで冴子はもう芝居がかったことはやめようと思っていた。

「うーん、おっぱいもいい熟しかげんだ。子どももいるの？」

「そんなこと……」

「関係ないな。うむ、乳首がこりこりしてる。しゃぶりがいがあるぞ」

時折歯をたてるので痛かったが冴子はがまんした。乳輪を舐められるのが気持ちよくてますます固くなってきた。

「腹も出てないし、肌はすべすべできれいだし……ん、臍の形がいいな」

吉川は冴子の体のあらゆる箇所をチェックしているようだった。いちいち感想を言うのが耳障りだが、自分で言って勝手に納得しているので冴子はされるがままだ。

「案外ここの毛が濃いんだな。もう少し短くカットすれば鏡によく映っていいんだがな。まあ、旦那にでもばれたらまずいからなあ。ん、リサちゃんは旦那さんとはうまくいってるんじゃない？　けさ、セックスしてきただろ」

「ええっ、どうして？　何かわかるんですか？」

冴子は驚いて訊き返した。敏樹とはご無沙汰だが、沢田とは先ほど交わったばかりだ。

「わかるよ。ヤッたばかりの割れ目はね、ちゃんとわかるの。ごまかせないよ。いいことだよ、夫婦円満ならここでのバイトもばれないから」

吉川は冴子のヴァギナをつまんだり引っぱったりしながらじっくりと見入っていた。まるで小学生の男の子が昆虫観察しているような仕草だった。確かに、沢田との行為は少々激しいものだったが、痕跡が残るとは意外だった。シャワーは軽くしか浴びていないので何か匂いのようなものが残っているのか、不思議だった。

「当たりだろ？」

「やだわ、恥ずかしい……」

思わず冴子は顔をそむけてしまった。

「いいんだよ。そんなに照れなくたっていいよ。ああ、何か可愛いんだね」

吉川はいきなり冴子に覆いかぶさり、インサートしてきた。冴子のそこはもう先ほどから蜜が溢れそうなほど潤っていたので、ごくすんなりと受け入れた。挿入の前にはきっとフェラがあるはずと思いこんでいたのに突然侵入してきたので驚いた。

「ん、けっこう、いい感じだね」

吉川はゆっくりとだが着実にピストンを繰り返しながら、入れ心地を確かめている様子だった。冴子は彼が抜き挿ししやすいように思いきり開脚してやったが、あとはされるままになっているだけでじっと目をつぶって横たわっていた。

「本当はもっと締まるんじゃないのかい？　それとも気持ち良くなると締めつけるのかな」

吉川は単純な出し入れを続けるだけで、まだ体位を変えることもしていない。案外口ほどでもないんだなと思った時、彼は体を起こしてペニスを抜いた。

「旦那がしてくれないようなこと、やってやるよ」

彼はにやっと笑って自らの男茎を摑んだ。そしてその先端を冴子の最も敏感な肉芽に擦りつけたのだ。

「あっ、何するの……くすぐったい」

「くすぐったいか？　そんなもんじゃないだろう、ほらほら」

丸くて固い先端部がくりくりっと肉芽に押しつけられ、軽くなぶった。

「あ……何だか、変な感じがする」

「やめようか」

「いやっ、やめないで、もっと」

「これがヤミツキになるんだよな」

吉川は慣れているのか、余裕の表情でペニスの先を擦り続けた。

「あうっ、むずむずするぅ〰〰」

冴子はこれ以上は不可能というぐらい開脚し、腰を浮かせて彼の手の動きに合わせた。

「気持ちいいだろ、これ」

「はふ〰〰〰〰んっ、そこ、感じすぎて、おかしくなりそう」

鼻にかかった喘ぎ声を出しながら身をくねらせていると、いきなり吉川がキスしてきた。

舌を抜かれるかと思うほどの深いキスだったので、冴子は驚いて声を止めた。

「うっ、うぐっ」

「気持ちいいだろ、いっちゃったか？」

吉川は次に、冴子の耳を舐め穴に舌を差し込んできた。ぬるぬるした舌先が耳を這いまわり、熱い息を吹きかけていった。よく動く舌は、さらに鼻の穴にまで侵入してきたのだ。

「あうっ、や、やめて……」

「穴という穴は全部舐めてやるぞ」

さすがに鼻の穴を舐められるのは嫌だったが、がまんした。大きな舌で強くすくわれるので、鼻筋の通った冴子の鼻は無様に押しつけられブタのように変形した。

「いやっ」

冴子は顔をそむけようとしたが、彼は執拗に追いかけ耳や鼻の穴を舐めまわし舌を挿入した。エミリもきっと、この男から同じことをされたにちがいない。

「ははは、リサちゃんの綺麗な顔がゆがんで汚くなっちゃったな。僕、こういうのにすごく興奮するんだよね。変態ぽいかな」

とにかく気持ちが悪くて吐きそうだったが、もう少しのがまんと思ってこらえた。だがこのしつこい「穴責め」は突然終了し、次に吉川はごろりと仰向けになった。

「僕はね、時間がかかるんだ。遅漏ぎみなんだな。だから、ちょこっと口でしてくれない？」

吉川の持ち物はサイズも固さもごく普通だったが、皮膚の色がどす黒くなっていた。肌はどちらかというと色白なのに、その部分だけが異様に黒ずんで赤味はほとんどなかった。性行為で摩擦しすぎたからだろうか、などと考えながら口に含んだ。

「うむ、リサはなかなか筋がいいね。舌づかいはいいし、吸い方もツボを心得てるな。さぞかし旦那はいい思いをしているんだろう」

吉川は満足そうにつぶやいて冴子の頭を撫で、髪に指を通した。少し前まではセミロングの髪にゆるくパーマをかけていたのだが、今はストレートに戻している。この方が似合うと言われたし、男性へのうけもいいようだ。

「うちでは、フェラチオなんかめったにしません」

「ん、そうか？　もったいないなあ。せっかくのテクを。ああ、それともリサちゃんには、旦那以外に恋人でもいるのかな」

冴子は舌で幹を舐め上げながら頭を振った。

「そうか。じゃあ、過去の男にいろいろな技を教えこまれたのか」

今度は鈴口を口に含みながら頷いてみせた。まるでアイスキャンディーでも頬張るようにチュバチュバと派手に音をたてた。口元が見えるようにしてやると男たちは喜ぶので、さりげなく髪をかき上げたり顔の角度を調整したりした。

「おいしいか？」

付け根を握りしめ先端の切れ目を舌でつつきながら、冴子は頷いた。

「じゃあ、もっと深くくわえて強く吸いあげてくれ」

言われた通りに喉奥まで飲みこんで吸引したが、吉川はもっと強くと言う。これ以上は息が止まりそうになるのでようやく口を離すと、彼は笑って冴子の顔を覗きこんだ。

「ははっ、顔が真っ赤だぞ。じゃ、袋の方も舐めて」

吉川の陰嚢は毛むくじゃらではなかったのでまだ舐めやすかったが、ぶよぶよした肉の塊を口にするのはあまり気分の良いものではない。されている当人にしても、快感よりも奉仕させているという満足感があるだけではないだろうか。ころころしたボールを口に含みながら、うっすらとそんなことを考えていた。

「おい、大事なタマを潰《つぶ》すなよ」

いきなり大きな声で注意されたので、冴子は驚いて顔を上げた。

「舐めるだけでいいんだ」

「す、すみません」

「もう、いいよ。リサは熱心だけどもう少し修業しないとな」

「申し訳ありません、慣れなくて」

「いや、いいよ。何度か僕と手合わせすれば、格段にうまくなるからさ」

冴子はうなだれて小さく肩を落としていた。

かった。

「じゃ、気を取り直して激しくいこうか」

まだ三十分近く時間が残っていた。冴子はもう体力も気力も使い果たしてしまったので、マグロになっていることに決めた。吉川は怒鳴って悪いと思ったのか、わざとらしくやさしかった。

挿入してからが長かった。さまざまに体位を変え、冴子がまだ試したことのないようなポーズまで取ったが、珍しいだけで快感はあまりなかった。ほとんど運動のようなセックスだったが、彼はあきれるほどの持続力で冴子を責めたてた。

「どう、疲れない?」

「もう、くたくたです」

「アソコがひりひりしてる?」

冴子は深く頷いた。蜜液の豊富な冴子といえども無尽蔵に湧《わ》き出るものではない。それでも鼻の穴に舌を入れられるよりはマシだと思った。あれはもう二度とごめんだ。

「そうか。それは悪かったね。僕は時間がかかるんだよ」

「とっても、お強いんですね」

「まあ、年の割には、な」

吉川は満足そうに笑ってぐったりしている冴子を見下ろした。

「じゃあ、最後、いくかな」

あと十分間堪えればいいのだと思って彼を受け入れた。すると今度は冴子の両足を肩に担ぐようにして、挿入が深くなる体位をとって責めてきた。

「どうだ、奥まで入るだろう」

「す、すごく、深い……」

躍動は淡々と続き全く疲れを知らなかった。冴子は子宮にまで届きそうなピストンに身をまかせていたが、次第に体の奥深くから痺れたような快感の波が湧き起こるのを感じていた。

「あっ、あああ……何だか、妙な感じがするわ」

「よくなってきたか」

「アソコが……むずむずして痺れるみたい」

「ようやく感じてきたんだな」

吉川はそのまま体を前のめりにして、体重をかけるようにのしかかってきた。冴子の下半身はすっかり宙に浮いて、頭と背中の上部だけで全身と彼の体重を支えるという不安定なポーズになっていた。その上、冴子の両足は大きく左右に開いているのだ。

「すごい格好だな。けど、しっかり奥まで入るだろう。今まで入ったことがない場所まできってるんじゃないのか？」

「はあっ、あは〜〜〜んっ、す、すごい、すごいっ」

冴子は顔を大きく歪めて、つらい体位と快感に酔った。

「おお、リサちゃん、いい顔してるよ。気持ちいいんだね、イッてるんだね」

吉川は何度も確認すると、「うっ」と呻いてそのまま果てた。不自然な姿勢からようやく解放された冴子はすぐには起きあがる気力もなくベッドに横になっていた。

「僕はね、相手がいったのを見てからでないと自分はいかないんだよ。よく演技する子がいるけど、すぐわかるんだ。リサちゃんは正直だね、とてもよかったよ」

そう言って吉川はすぐに身支度を始めた。

「これ、リサちゃんにチップ。Tシャツでも買いなさい」

そういって彼は一万円札三枚を枕の下にそっと置いた。

「また今度、店に来た時にはきっと指名するからね」

一足先に彼は小部屋を出て行った。

ああ、ついに体を売ってしまったのだ……冴子は形ばかり体を隠しているエプロンを身につけ、折りたたんだ札を手にして部屋を後にした。

部屋から出ると、鏡の前の椅子に沢田が座っていた。声をかけようとしてふと見ると、彼の足元には女が蹲《また》って股間に顔を突っ伏している最中だった。犬のように這いつくばったまま、口いっぱいに肉棹を頬張っている。

「あ、終わったのか。お疲れさん。今、いいとこだから、ちょっと待ってくれ」

何と白いエプロン姿で奉仕しているのはエミリだった。彼女は冴子に目もくれず、派手に音をたて頭を激しく振るようにして口技に励んでいた。

「もう、勝手にしてよ」

冴子はカーテンの後ろで着替えるために、二人の前を横切った。

「お前さんを待っている間、暇だったんだ。そしたらエミリが来て、ちょっとサービスしてくれるっていうからつい……」

「いいとこだったのにぃ……しゃべるとちっちゃくなっちゃうじゃない」

エミリはスティックをおもちゃのように振り回しながら言った。

「どうしてもいかせる気だな」

「当たり前よ。私のフェラでいかなかった人はいないんだから。じいちゃん以外は」

そしてまた猛烈な攻撃が始まった。さすがの沢田も目をつぶったまま椅子の背にもたれてされるままになっている。二人はすでに店の客と従業員として何度か手合わせしているようだった。エミリが冴子と同じ官舎に住んでいると知ったら、彼はさぞ驚くことだろう。

冴子はカーテンを少し開けて二人の様子を時々見ながらやって来た時の服に着替えた。

「おっ、おっ、おお、いきそうだ。出るぞ」

それでもエミリは口を離そうとしなかった。沢田は彼女の口中で発射したようだった。

「ふうっ……すごいフェラだったな」

「だけど、何か量が少なかったみたいよ」

「ああ、ゆうべからヤリ通しなんだ」

「お疲れさま。私はちょっと洗面所に」

エミリが立ち上がって奥へ消えたのでその隙に冴子はカーテンから出てきた。

「彼女、知ってるわ。同じ官舎に越してきた人よ」

冴子は沢田の袖を引きながら言った。早くここを立ち去りたかった。

「ああ、この店はそういった堅いうちの奥さんが多いんだよ」

「私をこの店で働かせようと思って連れてきたの？」

「もう働いているじゃないか」

「さっきのは、あなたに騙《だま》されて取らされたお客だもの」

「全裸にエプロンひとつだけつけた主婦っていうの、何とかいう作家が書いてネットで大受けしたんだってな。僕は知らないけど。この店のヒントになったのもそれなんだ。君も読んだのか？」

「人から聞いただけ。よく知らない」

俊一が話したのはネットからの請け売りだったのだ。ようやく納得することができたが、冴子がデパートで買った白いエプロンを身につけることはもうないな、と思った。

第六章　人妻たちのけだるい午後

冴子は吉川にチップとしてもらった三万円でブラウスを買った。遊び用ではなく、母親として着られるようなアイボリーの大人しいデザインのものだ。夫の給料からでなく自分が稼いだ金で買い物するのは本当に久しぶりだが、とても気分のいいものだと感じた。

また「あの店」に行ってみたい……だが、またエミリと会うおそれがある以上、足を向けるわけにいかないのが残念だ。彼女と重ならない時間を何とか聞き出せないものか、ママならスケジュールを把握できているのだろうが、冴子はそもそも「あの店」の電話番号も知らない。やはり事情をすべて沢田に話さなければならないのか、と思い始めていた。

翌日、朝のゴミ出しのために冴子は一階へ降りて、また上に上がろうとエレベーターの前で待っていた。後ろから近づいてくる人の気配に、冴子が小さく振り向いたその時。

「九條さんは赤がお似合いなんですね」

そこにいたのはエミリだった。エミリというより今は徳田沙織なのだが、すっぴんの顔で

Tシャツにジーンズ姿で立っていた。

「は？」

「とぼけなくてもいいのよ、わかっているの」

「何のことでしょう」

冴子の心臓は、相手に聞こえるかと思うほどどくんどくん鳴っていたが、奥歯を嚙みしめ動揺を隠そうと必死だった。

「リサさん。沢田先生とお知り合いだなんて、世の中狭いのね」

リサ、と呼ばれてしまったが、冴子はうっかり反応できなかった。彼女がどこまで情報を知っているのかまだわからないからだ。

「ルシアンでまた会うかしらね。私は、昼間は月水金だけど、夜までいる時もあるわ。けっこうよく働いているのよ。九條さんはお子さんがいるから昼間だけでしょ」

エミリは冴子の後ろにぴったりと付くように立ち、ごく低い声で話した。

「だいじょうぶ。ちゃんと秘密は守ってくれるお店だから。ママは外交官の妻だったのよ。とっくに離婚しちゃったけどね」

冴子はあの店が「ルシアン」という名前だったことも知らなかった。そうか、そういう店だったのか。働いている女性は全員人妻と沢田から聞いていたが、ママのつてや口こみで客も従業員も集められているのだろう。

「九條さん、大胆なんだもの。驚いちゃった」

「あなたこそ。もうベテランのようね。お得意さんもたくさんいるみたいだし」

「まだ一年ちょっとよ。指名は多い方かもしれないけど」

「若いし、スタイルも抜群だし羨ましいわ」

冴子は十歳年下だが先輩のエミリを見上げて言った。すらりと背が高く、モデル並みの容姿なのだ。

「妻としてはダメダメだけど」

「私はそっちの方もぬかりなくやってるわ」

「お幸せそうな家庭でほんと、羨ましい」

冴子は鼻で笑ってから先にエレベーターに乗りこんだ。先に降りた冴子は振り返ってエミリを見ることはしなかった。

数日後の午後、冴子がひとりでいると玄関のチャイムが鳴った。配達や来客がある時は、一階のオートロックドアの前から呼び出しがあるはずで、いきなり玄関のチャイムが鳴ることはまずない。

冴子は警戒してドアを開ける前に　覗き穴から外を見てみた。するとそこには俊一が立っていたのだ。

「あら、私、何か修理を頼んだかしら」

細くドアを開けて言った。彼のことは最近思い出すこともなくなっていたので、正直に驚いていたのだ。

「いやいや、そうじゃなくて」

俊一は部屋の中に入りたそうだったが、冴子は二十センチぐらいしかドアを開けていなかった。

「悪いけど、今ちょっと忙しいから」

「わかってるよ。後で友美さんとこに来てみないか？」

「ああ、あちらに用があって来たのね」

冴子は、俊一が自分に会いに来たのではないことがわかって途端に態度が冷淡になった。

「ちょっと来てみてよ。ドアの鍵は開けておくからさ」

「そんなこと勝手にできるの？　友美さんとはだいぶ親しいみたいね」

「ま、普通に親しいけど」

「行けるかどうかわからないわ」

「来ないと後悔するよ。そうだな、二十分後ぐらいがいいかな。じゃ、よろしく」

「ねえ、一体何をするの……」

俊一は答える前に立ち去ってしまった。

最初は無視しようと考えていたが、気になって時計ばかり見ている自分に気づいて、様子だけでも覗いてくることにした。

チャイムは鳴らさずに玄関ドアを押してみると、本当に鍵が開いていたのでそっと足を踏み入れた。冴子の住まいと同じ間取りだし、何度も遊びに行っているので勝手はよく知っている。奥の部屋を寝室として使っているのだが、すぐ隣のリビングから人の気配が感じられた。

「いやっ、それは使わないで……ああ、だめよ」

友美の声だ。冴子はドアの隙間に顔をつけるようにして中を覗きこんだ。

中では冴子が予想していた以上のことが始まっていた。全裸で後ろ手に縛られた友美が肘《ひじ》掛《か》け椅子に座らされているのだが、両足は大きく開いてそれぞれ肘掛けに括《くく》りつけられている。つまり股を開いたまま固定され、暗部が無防備にもぱっくりと口を開けていたのだ。

「本当は使ってほしいくせに。素直にお願いしろよ」

前に立った俊一がぴしゃっと友美の頰を叩くと髪が大きく乱れた。作業用のカーキのズボンは脱いで床に捨てられ、下半身は剝き出しで、半立ちのペニスをぶらぶらさせていた。手には大人のおもちゃが握られているようで、スイッチを入れたのかブーンという振動音が聞こえてきた。

「これがヤミツキなんだろ。ひとりの時にこっそりこいつを使ってオナニーしてんだろ、え？」

俊一は先ほどより荒々しい口調になっていたが、友美がそれを望んでいることは言うまでもない。

「言えよ、そうなんだろ」

「そう……そう、です」

「毎日使ってんのか？　おい、ちゃんと見ろよ。お世話になってんだろうが」

「……一日おき、ぐらい」

「スケベな女だな。旦那と愛人だけじゃ足りなくて、まだこんな物まで」

俊一は手にした黒いペニス形のおもちゃをいきなり秘部に押し当てた。

「あっ、あうう」

「突っ込んでほしいんだろ。ちゃんと言えよ」

「はあっ、あっ……ああ」

友美は体をぴくぴく震わせて反応したが、言葉にならず喘ぐばかりだった。

「言えよ。はっきり言え。どうしてほしいんだよ」

平手が飛んでぴしっと乾いた音がした。

「つ、突っ込んで。アソコに……アソコに突っ込んでください」

「アソコじゃないだろ」

再びぴしっとぶたれると、友美は半泣きになり肩で息をつきながら蚊の鳴くような声をあげた。

「ま、ま○こに、おもちゃを突っ込んで」

「よしっ、言ったな」

俊一は、石榴《ざくろ》のように口を開けたヴァギナにぐさりと性具を挿入した。

「はあ〜〜〜ん。い、いきなり、すごい」

「深いところまで挿しこんだぞ。中でぶるぶる震えてる」

「はあっ、はっ……はあ〜〜〜んっ」

友美は後ろ手に縛られたまま精一杯体をくねらせた。

「あんたばっかり気持ちいいのは不公平だよな。ん、そう思わない？」

「ええ、だからしゃぶらせて」

「何を？」

すかさず質問が飛ぶ。俊一のモノはすでにピンと跳ね上がり、天井を向いていた。若々しいペニスだな、と冴子は隙間から覗きながら思わず唇を舐めていた。何度も口にしているのに、こうして離れて見ると新鮮な感じがする。

「ちん……」

「え？　聞こえないぞ」

「……ち、ちん……ああ、言えない」

友美は顔を大きく歪めながら体をくねらせ、重たげに下がった大きな乳房がぷるぷると揺れた。

「言わないとフェラさせないぞ」

「いやぁ、欲しい……欲しいの」

「早く言えよ」

俊一は友美の顔の前に肉茎を突き出し手で振り回した。

「ああー、しゃぶらせてよ、ちん……ちん」

次の瞬間、友美の口に勃起しきった男根が押し込まれた。待ってましたとばかりに友美は食らいつき口中に収めた。Ｌサイズの若いペニスは根元までは収まりきれなかったが、俊一は無心にしゃぶりつく友美を見下ろしながらゆっくりと出し入れを繰り返していった。その間にも友美の股間の性具は低いうなり声をあげ続けていた。

「満足だろ。上の口と下の口、両方食らいこんで」

友美はペニスをくわえながら言葉にならない声を発し、必死で頷いていた。

「そろそろイクぞ。このまま出すのと顔にひっかけるのと、どっちがいい？」

「……かけて、顔に」

友美はくねくねと舌を動かして茎を舐めながらつぶやくように言った。

「よし、それじゃ」

俊一は再び友美にペニスをくわえさせると、両手で頭を押さえつけるようにして激しくピストンした。友美はまるで藁《わら》人形か何かのように、抜き挿しのテンポに合わせて頭を振っていた。

「おっ、おおお、出るっ」

すぽんと口から抜けると途端に樹液が発射され、一滴残らず友美の顔面に飛んだ。

「どうだ、満足だろ」

友美は大きく舌を伸ばして唇のあたりに飛んだ飛沫《しぶき》を舐め始めたが、顔中に飛んでいるのですべては舐めつくせない。すると突然、友美の股間からおもちゃが飛び出した。

「出た。すごい膣圧だな」

「これじゃなくて、本物を入れてよ」

友美は樹液で汚れた顔を俊一に向けて言った。スイッチが入ったままのおもちゃは床の上でうなり声をあげていた。

「そんなに欲しいんなら、やってやるよ」

すると椅子に括りつけられた足をばたばたさせてほどくように言った。どうやら縛られているのも、肘掛けに足を乗せて固定されているのも、すべて友美の指示によるもののようだ。

「わかってるよ。バックがいいんだろ」

足を解かれた友美は、まだ手は後ろで縛られたまま自分からソファに突っ伏し、腰を突き出す格好になった。どっしりと大きな尻が俊一の目の前に差し出され、彼のモノを受け入れる体勢は整った。

彼の逸物は少し前に射精したばかりなので、力を失っていく過程のように見えたが、何とか半立ちの状態を保ってぶらぶらしていた。すると彼は突然、臼のような尻に平手でぴしりと一撃を与えた。

「ひいっ……」

友美は短く叫んで肩を震わせた。両手を縛られているので何の抵抗もできないが、真っ白な尻たぶに手の痕が残ったのでかなり痛そうだ。

「どうだ」

「ねえ、もっと、ぶって、ぶってぇ〰〰〰」

友美はますます腰を高く突き出し、おねだりするように左右に振った。

「いやらしい腰つきだな」

俊一はさらに二度、三度と両手で交互に打った。その度にぴしぴしという乾いた音が響く。

「ひいっ、ひい〰〰〰っ」

「本当に欲張りな女だぜ。そろそろブチこんで欲しいんだろ」

俊一は肉棹の根元を握りしめると、そのまま女穴をめがけて突入した。すると友美は獣のようなうなり声をあげ、肩をぴくぴくと震わせた。

「どうだ、やっぱおもちゃより、本物がいいだろ」

彼は両手で尻たぶを押さえつけて固定すると、無駄なくくいくいとピストンした。蜜液が豊富なのか滑りはいいようで、ほとんど抵抗なく出し入れしているように見える。

「さっきイッたばっかりなのに、こんなに続けてやれるヤツはめったにいないからな。感謝しろよ」

「はあっ、はあ〰〰んっ、アソコが、気持ちいいのぉ」

俊一の腰は、長くもたせるためか緩慢な動きながらも着実に深いところまで送りこんでいる様子だった。

「ふんっ、でもあんたは欲張りだから、気持ちいいだけじゃ物足りないんだろ。こいつも使ってやるよ」

彼は床に転がっていたおもちゃを取り上げた。

「あっ、いや……それだけは堪忍して……あっ、あううう～～～～」

おもちゃは友美のすぼまりにねじこむようにして挿された。友美はこれまでにないうなり声をあげ、頭を左右に激しく振った。

「好きだな。両方いっぺんに責められて、満足だろ」

俊一はおもちゃでいたずらしながら、先ほどより速く大きく腰を突いた。ほとんど休む間もなく二回目に突入したというのに、若い精力はまだまだ衰えそうもなかった。固く締まった腰をせっせと動かしながら、俊一はふとドアの方に顔を向けてにやっと笑った。冴子がちゃんと見ているか確認したかったのだろうが、その瞬間、冴子はハッと我に返り小さく肩で息をついた。そして二人の痴態にあきれながらそっと部屋を後にした。おそらく二人は以前から関係があったのだろう。友美に被虐趣味があるとは全く知らなかったが、普段の態度とはあまりにも違う姿に驚くというより笑いがこみ上げてきそうだった。

冴子は翌日、昼近くに「ルシアン」に行った。沢田にも内緒でひとりで行ったのだが、ママは気持ちよく受け入れてくれた。

この店での刺激が忘れられず、早く来たくてうずうずしていたのだ。友美と俊一のことなど、冴子が「ルシアン」で体験したことに比べたらまるで子どものお遊びだ。冴子がこんな場所に出入りしていると知ったらさぞ驚くだろうが、友美と距離をおくいいきっかけだ、と思った。それにエミリのこともあるので話を広げたくなかった。

「あの、私でもお手伝いできることあります？」

冴子はおずおずとママに訊いた。

「もちろんですとも。ここ、十一時オープンなんだけど、早い時間は女の子の数が少なくて困ってるの。お客さんはね、年配の方も多いからしっかり午前中から来ていたりするのよ。リサちゃん、早くエプロンに着替えてフロアに出て。ほんとに初日からお客さんがつくなんて、リサちゃんすごいわよ」

「たまたまです。こちらで一番の売れっ子はやっぱりエミリさんなんですか？」

「そうねぇ、やっぱり若いしきれいだから……あ、でもナンバーワンはエミリさんじゃなくて、もっと年上の人よ……しっとりしていて大人しくて気がきいて……でも最近はなかなか時間が取れなくてたまにしか来ないの。すごく指名も多いのに」

ママはしきりに胸のあたりを気にしていたが、先日はママのふくよかな胸元に手を入れるやからもいて嫌がっていた。このママが元は外交官の妻と知って驚いたが、洗練された身のこなしやさりげない気遣いなど納得できる部分も多かった。

冴子は裏でエプロン姿に着替えてきた。最近は入浴しても体の手入れは特に入念に行っている。ボディケア用品も買いこんだし、スタイルを保つためにエクササイズも始め出した。自分ではまだまだいけると思っているので、堂々とフロアに出て行った。

まだ昼前だというのにすでに客は三組いた。ウエイトレスは特に運ぶものがなくても、エプロンひとつ身につけた半裸の格好でフロアを歩き回ることになっている。モデルのように腰を揺らして歩くのだが、冴子は客たちの視線がすでに快感になっていた。

しばらくすると吉川がやって来た。冴子を見つけると小さく手を振り、自分のところに来るようジェスチャーした。

「いやあ、また会えてよかった。リサちゃんが店に来たらすぐ連絡するように、ママに頼んでおいたんだよ。仕事は放り出してすぐにタクシーで来たんだ」

「まあ、お仕事の最中に申し訳ありません」

「いいの、いいの。どうせ自営だし、中断しても構わないんだ」

「お店に入る時間、今度からちゃんと決めておきますね」

「じゃあ、正式にここで働くんだね」

「はい。正式に、です」

もう禁断の味を体験してしまったのだから後へは引けない。

「それはよかった」

彼は冴子の腰に手をやり尻たぶを撫でた。軽いタッチは許されているらしく、ウエイトレスたちは剝き出しの尻を客に触られている。スケスケのレースに隠れている胸も、横からいくらでも手を入れられるし、わし摑みにされているのを見たこともある。

冴子は吉川にビールを運んで注いでやったり、灰皿を持ってきたり煙草に火をつけたりあれこれと世話をした。決して一度で用をすませず、何度も何度も行ったり来たりしてうろうろするのがサービスとされているのだ。

「まあ、こっちに来て座ってごらん」

「あ、座るのは禁止されているんです」

「僕はいいの。もうリサちゃんを買ったからね」

吉川は唇の端を曲げて意味深げに笑った。

「そうなんですか、それじゃあ」

冴子が彼の隣の席に座ると、エプロンの下の胸に手を伸ばして揉んでから先端を指で器用につまみあげた。

「痛いです」

「ふふん、勃起してコリコリしたこの感触がいいんだよ。やっぱり子持ちのおっぱいはいいね」

彼は冴子の乳房をさんざん弄んだあと、個室に誘った。

ちょうどエミリが店に来たところで服を脱いでいる最中だった。彼女はカーテンの陰で着替えをすることはなく、いつも鏡の前で堂々と裸になっていた。

「おお、来たか。そのままでいいよ、こっちに入って」

吉川は小さなパンティ一枚になっていたエミリの手を引いて個室に誘導した。

「じゃあ、私はここで……」

冴子がフロアに戻ろうとすると吉川があわてて引き留めた。

「何言ってるの、リサちゃんは僕が指名してるんだからね。いいの、きょうは三人で楽しむんだ」

「そ、そうなんですか」

「吉川さんは3Pがお好みなのよ。最初はどっちから味見します？」

「ん、じゃあ、リサちゃん。きょうはオーソドックスにいくよ」

冴子をベッドに横たわらせると、彼はその上に覆いかぶさり正常位で入ってきた。

「んっ、んっ、んっ……」

従順な人妻らしく吉川の打ち込みに反応して軽く呻いた。冴子はエプロンに着替えてフロアに立っていた時からすでに蜜液が湧いていたので、前戯なしの挿入もさほど抵抗はなく、むしろ自分から腰を使いたいほどだった。

「あったかくて、ぬるぬるしてる。リサちゃんはお露が豊富なんだな」

「あっ、あああ……んっ、んっ……」

「ほら、滑りがいいからくちゃくちゃ鳴ってるぞ。エミリ、聞こえるだろ」

吉川は振り返って二人掛けのソファに全裸で座っているエミリに呼びかけた。

「ええ、聞こえる、聞こえる。ピストンの音ね」

「うちのヤツなんかカラカラに乾いているから、ローション使わないとできないんだ」

「あらぁ、でもちゃんと交渉があるんだからいいですね。私のとこなんか、結婚二年目で早くもセックスレス」

「リサちゃんは？　あるんだろ。この体はちゃんと旦那さんに抱かれているよなぁ。肌の艶がいいし、しっとり潤ってる」

「時々、です」

「ゆうべは？　旦那とはやったの？」

冴子は強く首を振った。

「じゃ、夫婦生活は週に一回ってとこかな」

「月に一、二度です」

「おお、それじゃ、不満だなあ。この体、もったいないよ」

「私のとこなんか、盆と正月ぐらいだわ」

エミリがくすくすと笑った。

「こんなにきれいな奥さんたちなのに、欲求不満だなんてもったいないよ。せっせといただこう」

吉川はおしゃべりしている間もスローペースだが絶え間なく腰を動かし続けていた。

「おい、エミリ。タマをいじってくれないか」

「はーい」

肉茎を挿したまま彼が動きを止めると、エミリが後ろに回りこんで陰嚢に触れた。指で器用に揉んだりお手玉のように掌の上で転がしたりして遊んだ。

「ふふっ、ぶよぶよして、皮が伸びるわ」

「そこ、どうなってる？　リサちゃんに説明してやってくれないか？」

「ん、端的に言えば、穴に棹がしっかり食い込んでる感じなの。付け根までずっぽり入りこんで……あ、動き始めた。棹がゆっくり穴に出入りしてる。ああ、スライドしてるわ。わあ、すごい。棹はべっとり濡れて光ってる。これ、愛液かしら」

「そうさ、リサちゃんのここはすごくよく濡れるからね。出し入れがスムーズなんだよ。だからって、締まりが悪いわけじゃないよ……おお、きゅっと締まった。巾着みたいだな」

吉川は少しピッチを上げた。冴子は大きく開脚してされるままになっていたが、エミリの実況中継でますます淫《みだ》らな気持ちになっていた。

「リサ、この繋がってるところを指で触ってくれよ」

「いいわよ。ほら、ここ。穴に棒が突き刺さっているの、わかる？　このへんが繋ぎ目」

「はあんっ、わかる。わかるわ」

冴子はリサの指を感じて興奮していた。

「そこ、舐めてくれないか？」

「え、できるかなあ。このパターンは初めて。バックならできるかも」

「よし、じゃあ」

吉川は冴子を素早く四つん這いにさせると、がっしりと腰を押さえこんで後ろから突いた。

「あっは〜〜〜ん、はあっ……」

「彼女、バックがお好みのようね。ああ、入ってる。穴に杭がしっかり打ち込まれてるのがよく見える」

エミリはふたりのすぐ横に来ていた。

「見てるだけじゃなくて、手伝えよ。ほら、ここだ」

「繫がってるところを舐めてほしいのね」

エミリは顔を近づけ思いきり舌を突き出して、くねくねと這わせた。愛液にまみれた肉柱の根元付近や、きっちりとはまっている連結部分を丁寧に舐めつくした。

「ふんっ、なかなかいい眺めだ」

「こんなことしたの、初めてだわ。たぶんリサさんも初めてだと思う」

「そうやってみんな、いろいろ経験を積んでいくんだよ。さあ、エミリもそこへ四つん這いになって」

「選手交替？　私もそろそろ欲しくなったかも」

ふいにずぽんと女穴から杭が抜けた。エミリが冴子のすぐ横でポーズをとったので、冴子は起き上がってベッドから降りようとした。

「ああ、だめだめ。リサちゃんもそこで四つん這いのまま待機しているんだよ。かわるがわる入れて楽しむんだから」

吉川は言い終わらないうちにすでに逸物をエミリの中にすっぽりと収めていた。

「おお、こっちもいいかげんぬるぬるだな。汁まみれだ」

「私、濡れやすいの。セックスするとシーツがびしょびしょになっちゃう」

「ああ、滑りはいいが、適度にひっかかって……入れ心地もいいよ。おお、締めつけがすごいな」

「ふふんっ、これは秘伝の技……あっ、あっ、あああ〰〰」

吉川は急にピッチを速めたようだった。びしゃびしゃびしゃっと肌が触れ合う音が冴子の耳に響いた。

「おっ、おおお、締まる、締まる。ちんちんがちぎれそうだ」

「すごい、すごい」

そのままイクと思われたが、彼は再びホースを抜くと即座に冴子の方に入ってきた。

「うむ、こっちはやんわりしてあったかいぞ。入れくらべはなかなかいいもんだな。そのうちお店の女の子全員四つん這いにして並べて、次々にハメていこうか、ははは」

「吉川さんは、絶倫でしょ。一時間入れっぱなしのこともあるのよ」

エミリは這ったままの姿勢で隣の冴子を見て言った。

「はっ、はっ、はあっ〜〜〜」

冴子は躍動に合わせて呻くだけだ。こんな経験はもちろん生まれて初めてなので、ひどく興奮していた。二人でひとりの男を相手するのも初の体験だった。

「いたずらしちゃう……」

エミリが下から手を伸ばしてきて二人の繋ぎ目に触れた。

「ぬめぬめしてるわ。リサさんのここ、ジュースがたっぷりなのね。滑りがいいからピストンがとってもスムーズ」

「そうだよ。潤滑油が豊富だとスピード出せそうだな。どれ、ひと頑張りするか」

「もっと背中を落として、腰を突き出すのよ」

エミリに言われて、冴子は肘をベッドにつけて背中を低くし、ヒップだけを高く差し出した。

「おお、いい格好だな」

彼は冴子の尻たぶを両手で押さえつけると、一気に加速しベッドが振動で揺れるほどの勢いで抜き挿しを繰り返した。

「すごい。まるで動物の交尾みたい」

「ああっ……もう、だめ。壊れちゃう」

「大丈夫よ。女のアソコはめったに壊れないから。それにリサさん子ども産んでるんだもの。握り拳《こぶし》だって入るわよ」

「おう、握り拳か。ぶちこんでみたいなあ」

「いやいや、だめぇ〜〜〜、お願い、もう……堪忍……して」

「客がイク前に音《ね》をあげるもんじゃないぞ。まあ、新人だから許すけどな」

「だって、おかしくなりそうなんだもの」

「いっそアナルに入れちゃったら、どうなの？」

「そりゃ、いいアイデアだ。ん、待てよ……おっ、おっ、おおっ」

吉川は発射直前で棹を引き抜き、すぼまりに先端を擦りつけたのだ。

「い、いやぁ〜〜〜」

「このまんまぶちこまれたいか？　ははっ、冗談だよ」

吉川は、白濁液で汚れた冴子のヒップを満足そうに眺めながら言った。

「ちょうど一時間だわ。リサさん、大丈夫？」

冴子は小さく体を丸めてベッドの上に倒れこみ、肩で息をしていた。するとエミリがてきぱきとティッシュで汚れを拭き取ってくれた。

「じゃ、また近いうちに三人で楽しもうや」

吉川は休むこともなくさっさと身支度を整え、二人を残して小部屋から出て行った。用が済めば何の余韻もない、そういう割りきった関係だ。

「さあ、起きて。くたばってる暇ないわよ。フロアの方にも出なくちゃね」

エミリにせかされたので、冴子はのろのろと起きあがり再びエプロンを身につけた。

さすがに午前中からハードな仕事をこなしてくたくただったが、冴子は主婦として母としての務めも果たさなければならない。秘密のバイトに精を出したからといって、本業の方はおろそかにしたくないのだ。

その日は翼の塾で個人面談があった。久しぶりに木原と二人で話ができるので冴子は朝からうきうきしていた。夕飯の下ごしらえを早々にすませ、おやつのカップケーキまで手作りしてその時を待った。

着て行くことに決めたアイボリーのブラウスは、吉川からのチップで買ったものだ。デザインはごくシンプルだが素材が上質なので着心地がいいし、スカーフやアクセサリーなどで誤魔化さなくても一枚で着られる。冴子は小さなプチダイヤのペンダントだけつけて、下はグレーのタイトスカートで出かけた。スカート丈は膝上だ。長くはないが短すぎない微妙な丈で、座ると膝がすっかりあらわになり、膝下からパンプスまでのすらりとした脚線が目立つ。足を組めば男たちの視線が釘づけになることはまちがいなく、それはすでに嫌というほど実証している。木原だけが例外のはずはないのだ。

冴子は指定の時間の五分前には塾に着いていたが、前の面談が長びいて時間を過ぎても呼ばれなかった。ひとり二、三十分ということだが、前が押しているせいで自分の時間が短くならなければいいけど、と不安になっていた。奥の個室からは木原とどこかの母親の笑い声が漏れてきた。

ようやく呼ばれて部屋に入った時、木原がドアの前に立った冴子の足にさりげなく視線をやったのを感じた。ブラウスのボタンはさりげなく二番目まで開いている。もしも隙間から見えたり透けてもいいように、いちばんお気に入りの上等なブラをつけてきた。

「いやあ、すみません、お待たせしちゃって」

「よろしくお願いします」

「みなさんよくお話しなさるので、どうしても予定より長引いてしまって」

「わかりますわ」

どの母親も木原と二人で少しでも長くいたいのだ。それは自然の感情だろう。

「九條さんの後はだれもいませんから、ゆっくりお話しできますよ」

木原は白い歯を見せて爽やかに笑って見せた。冴子との面談が延長できるように、そういった時間帯を選んでスケジュールをたてたのだろうか。

勉強のことは軽く十分ちょっとで終わってしまった。翼は宿題もちゃんとやるし授業態度もよく、成績も上位の方で特に問題のない生徒だ。難関校の受験も視野に入れているが、そうなればますます木原との面談は密度の濃いものになり楽しみがふえる。来年になれば夕食も塾で摂《と》るようになるから、弁当を届けに来ることもあるだろう。今後は頻繁に顔を合わせられると思うと、弁当作りも面倒ではない。

「ああ、それと……これはまだ生徒たちには言ってないんですけど」

木原はしばらくの雑談の後、真顔に戻って言った。

「実は僕、今月いっぱいでここを辞めるんですよ」

冴子はあまりに突飛な発言に耳を疑い、即座には理解できなかった。

「急で申し訳ないんですけど……」

「あ、あのそれは……どちらかほかのお教室に変わられるんですか？」

「いや、完全に辞めるんです」

塾講師の異動はとてもよくあることなので、場所によっては翼を通わせてもいいと思ったので訊いてみたがどうやら違うようだ。

「別の塾で教えている講師仲間といっしょに新たに塾を始めようと思いまして。いろいろとその、大手のシステムの中でやっていくのは限界を感じて、自分たちなりに納得できる塾ができないものかと」

「ああ、それはいいですね」

冴子はその塾に翼を通わせられないものかと場所を尋ねてみた。今のこの塾に不満がないわけではなかったが、木原がいるので変わらないだけだ。

「あ、まだぜんぜん決まっていないんです。今は企画の段階ですから。二年後をめどに、と思っています」

「あら、そうなんですか。残念……」

二年待つのは長すぎるし翼の受験も終わってしまう。

「その間は、知り合いがやっている個別指導の塾で教えるつもりです」

「個別指導の塾ですか？　それはどちらに？」

冴子はどこまでも木原を追いかけるつもりだった。だがその場所までは一時間以上かかるのでとても翼を通わせるわけにはいかない。

「今月いっぱいっていうと、もうあと二週間足らずですね」

「ええ、実は三カ月前ぐらいから決めていたことで、塾にも言ってありましたから、ちゃんと後任の講師はご用意できてますよ。僕よりベテランが来る予定です」

だれが来ようが木原でなくてはダメなのだ。冴子はショックのあまり言葉が続かなかった。「ルシアン」でどんなにスリリングな経験を味わおうとも、やはり木原が最も気になる存在であり、冴子の日常を活性化させていることにまちがいはなかった。

「大丈夫ですか、お母さん」

「え、あの、翼は木原先生にとてもなついていたので、がっかりするだろうな、と」

「でも子どもはすぐ忘れちゃいますよ」

私は忘れません！　冴子は叫びたくなるのをこらえていた。

「先生は、家庭教師はなさらないんですか？」

「ああ、それはちょっと……今はやっていませんね。学生の時にはしていましたけど」

どんな口実でもいい、いくら金がかかってもいいので、木原との繋がりは断ち切りたくなかった。冴子はすっかり気落ちしてしまって、その後の会話はあまり盛り上がらなかった。

それで予定通り三十分間で面談は終わってしまった。

「本当にお世話になりました」

「まだ翼くんの授業は、あと一回残ってます。引き継ぎはきちんとしておきますので、ご安心ください」

私とも引き続き会ってほしいわ、と冴子は心の中でつぶやいた。

「あの、木原先生がおやめになるって知って、ほかのお母さんたちもがっかりしているんじゃないですか？」

冴子は椅子から立ち上がりながら言った。

「うーん、そんなこともないでしょう。面談でこの話をしたのは初めてなんですけどね」

「あら、私が最初なんですか」

冴子は密かな優越感を抱いた。やはり二人だけでお茶を飲んだりした経験などで、彼の方も冴子に親しみを感じてくれているのかもしれない。もう一押し、というところできっかけが摑めたのに本当に惜しい。


家に帰ると、冴子はベッドにもぐりこみひとり寂しく自らを慰めた。翼が帰宅するまで三十分ぐらいしかないので急いですませなければならない。

しかし、あまりにショックだったのと頭の中が混乱していて集中できず、そうこうしているうちに翼が帰ってきてしまった。落ち着いてオナニーもできないと思うと情けなかった。

その日はたまたま敏樹が早めに帰宅した。早めといっても午前様にならない程度の時間で十分に遅いのだが、冴子はまだ起きていた。

一時近くなってそろそろ寝ようかという時、敏樹のなれなれしい態度に嫌な予感が走った。

 こともあろうに、こんな日に限って夫が求めてきたのだ。

「疲れているのよ……」

冴子は夫に背中を向けながら素っ気なく言った。

「俺もだよ。まあ、いいじゃないか、たまには。夫婦なんだからさ」

「もう遅いし……また今度ね」

「お前、浮気でもしてるんじゃないのか？　セックスはいつだって拒否するし、昼間も家にいないこと、多いだろ」

冴子は驚いて夫の方を向いた。

「本気でそんなこと思っている？」

「いや、まあ……近頃の人妻は陰で何やってるかわからないっていうからさ」

「出会い系とか、そんなものにハマッているとでも思っているの？　いやあね。カルチャーに行っているのよ。ヨガもまた始めたし」

ここは徹底的にとぼける以外にないので、冴子は完全にシラをきった。

「やましいことがないなら、夫の要求に応えてくれたっていいだろ、たまには」

そう言われると冴子としては拒絶できなくなってしまう。

のろのろとパンティを下ろした。すると敏樹はパジャマをすっかり脱がせ、全裸にしてしまった。

「どうしたの、寒いわ」

「すぐにあったまるさ。たまには妻の裸も瞼《まぶた》に焼きつけておかなくちゃな。お前、最近いい体になってきているな。ヨガのせいかな」

ベッドサイドのライトの下で、敏樹はしげしげと全裸の妻に見入った。

「そうよ。体を動かしていないとどんどん体型が崩れていくもの」

ヨガ教室には入っているが、さぼってばかりで今は月に一度ぐらいしか行っていない。それより「ルシアン」でいやらしい男たちの視線にさらされている方が遥かに効果があるのだ。

「やっぱむらむらしてきたよ。軽くいいだろ」

あまり激しく拒絶すると怪しまれるので、冴子は仰向けになって受け入れの体勢をとった。

敏樹は乳房に手をかけ、申し訳程度に前戯をしてから膝を割って入ってきた。単純な正常位でせっせと上下運動を繰り返すのが通常の彼のやり方だ。

冴子は目をつぶって木原を想像した。今、自分の上にのっかって腰を使っているのが木原だと思えば興奮する。背中に手を回しぎゅっとしがみつきながら彼のピストンに身を任せる。

最初はM字形に大きく足を広げていたが、次第にせばめて彼の腰を挟むようにした。

夢想の中で木原は冴子の上に体を突っ伏すようにして倒れこみ、速いテンポで腰だけを小刻みに上下させていた。体重がかかって重たかったが、彼の重量を感じるのは嫌ではなかった。木原は抜き挿しを繰り返しながら、「んっ、んっ、んっ……」と小さく声を漏らしていた。冴子のたっぷりなジュースのおかげで秘部は潤い、出し入れはごくスムーズだった。

ずっと木原と繋がっていたい。何度でも彼の体力が続くかぎり繰り返したい……そしてどんなことをされても、彼が相手ならすべて受け入れるつもりだ。

「あはっ、ああ、あああ……」

冴子もいつの間にか声をあげていた。より挿入が深まるように、両足を彼の腰のあたりでクロスさせてぎゅっと抱えこみ、自分から腰を浮かして彼の動きを受け入れやすくしていた。

「気持ちいいのか……やっぱりいいだろ、セックスは」

木原との甘美な体験を夢想していた冴子は夫の声で急に現実に引き戻された気がしたが、できるだけ集中して彼のことを思い浮かべるようにした。

「ああ、このままだといっちゃいそうだからな。ほら、四つん這いになってごらん。今度はバックだ」

冴子は言われた通りにポーズをとった。男たちは後ろから突くのが好きなようで、最近は「ルシアン」でもよそでも後背位ばかりだ。冴子も慣れっこで、抵抗なくすんなりと腰を差し出せるようになった。

「おお、ぐっしょり濡れてるぞ」

敏樹はライトの向きを調節して冴子の女唇にあかりが当たるようにした。

「いやだ、明るくしないでよ」

「何を今さら恥ずかしがっているんだ……こんなに濡れてるくせに」

言葉が終わらないうちに、ぐさりと杭が打ち込まれた。

「あっ、あうう……」

数回送りこんだ後、敏樹はすぐに逸物を引き抜き、今度は別の場所……冴子が拒絶し続けた小さなすぼまりへと突入したのだった。

「や、やめてぇ〰〰ぎゃっ」

短く叫んだ後、冴子は全身の筋肉が硬直するのを感じた。だかしかし、異物は冴子の意思とは全く関係なく、ぐぐっと奥へ進んでいくのだった。

「お前のアソコがぬるぬるでローション代わりになったから、割とすんなり入ったぞ」

「いやいやいや〰〰こんなの、いやよ」

「もっと体の力を抜いて。そんなにガチガチになってると、先に進まないじゃないか」

敏樹は抗《あらが》う冴子の体を押さえつけ、がっしりと両手で腰を抱えこんだ。

「んぐ〰〰〰〰い、痛い」

冴子の表情は大きく歪《ゆが》み、唇はわなわなと震えた。すぼまりには肉棹が半分ほど入りこんでいたが、その先が進まず宙ぶらりんな感じで止まっていた。

「力を抜けば痛みは少なくなるから」

「い、いや――、だめ」

熱した鉄杭でも打ち込まれたような衝撃に、冴子はただ頭を振っていやいやを繰り返した。

「じゃあ、がまんしろ。根元まで入れるからな」

「やめて、やめて。壊れちゃう」

「ふんっ、いつかそれが快感になるんだよ」

敏樹は尻たぶを抱え直し、一気に攻め入った。ぎゃあっ、という声にあわてて口をふさいだが、冴子のうめき声は止まらず顔に枕を当てがった。

「おおっ、進んでいくぞ。よしもう少しだ」

冴子は苦痛のあまり全身が総毛立って、腕も肩も小刻みに震えていた。肛門が裂かれるかと思うほどで、痛みで失神しそうだった。

エミリは確か、アナルセックスの経験もあるようなことを話していたが、最初はこんなだったのだろうか。それとも冴子が異常に感じるのか。羞恥《しゅうち》も手伝って、最悪のパターンだと思った。これが快感に変わるなど到底信じられない。

「ん、入った……根元まで入ったぞ。もう俺のちんちんはすっかり見えなくなった」

「うっ、ううう……」

だが不思議なことに、全部入りこんでしまうと逆に痛みはさほど感じなくなっていた。だが緊張と戸惑いと羞恥が入り交じって、額にはじっとりと汗が浮かんでいた。

「さあ、問題はここからだ」

一端根元まで収めたものの、まだこれで終わりではなかった。敏樹はゆっくりとスライドを始めたのだった。動かさなければ射精はできない。

「し、死ぬぅ……」

冴子はもう叫び声さえあげられず、ただむなしくシーツを引っ掻いていた。体の一部が破裂するかと思うほどの衝撃は出産以来だ。

「ふん、痛いか……ピストンできそうもないな。それじゃ、早いとこ済ませてやろう」

「あ、あぐぅ〜〜んっ、もう堪忍して」

冴子は尻を突き出した格好のまま、振り返って懇願した。その目には涙が浮かんでいた。

「はっ、はっ、はっ……ん、いくっ」

最後はあっけなかった。アナルから肉棒がすぽんと抜け出た瞬間、冴子はうつ伏せに倒れ気を失ったように動かなくなった。

「最初のうちはみんなそうさ。でも徐々に快感に変わんだ。慣れるといいもんだぞ、アナルセックス」

返事をする気力もない冴子は心の中でかぶりを振っていた。

どんな体験も怖くなくなった冴子は、一大決心を固めてある行動に出てみた。結果はどうなるか見当がつかなかったが、主婦という仮面の下に隠れた自分の姿を無理やりさらけ出すために、試してみる価値はあると思った。

「ルシアン」にいる時間がますます充実するようになり、冴子にはたちまち数人の得意客がつくようになっていた。カルチャーも習い事もすべてやめて少しでも長い時間「ルシアン」にいるようになり、空いた時間はエステなどに使った。

そして待ち望んでいたその日が遂にやってきたのだ。

冴子はいつものように店に来てすぐにエプロンに着替え、メイクを濃くし直し、髪型も変えてからフロアに出て行った。足が細く見えて、おまけにヒップアップの効果もあるピンヒールのサンダルを履いて颯爽とフロアに出て行った。

昼間だというのにもう四、五組の客が入っていた。エミリがそばに立っているテーブルの客を見て、冴子は小さく声をあげそうになった。

「来たのね……」

冴子はゆっくりと腰を左右に振りながら、一直線上を進んでいくいわゆるモデル歩きでテーブルに近づいて行った。エミリは冴子が来るのを無視して接客を続けようとしたが、冴子は彼女の肩を小さく突ついてどかせてしまった。エミリは不愉快そうにしたが、冴子は無視して最上の笑みを客に投げかけた。

「本当に来てくださったのね、先生」

冴子は驚いて目を見張っている木原のすぐ横に行き、他の客にもするように両足を開いて立った。

「あ、あの……僕、こういう店だって、ぜんぜん知らなかったもんで」

「無理もないですわ。私がお送りした名刺には店の名前しか書いてありませんものね」

冴子は手紙といっしょに店の名刺を添えて、ぜひ一度来てほしいと書いて送ったのだ。「ルシアン」の名刺は黒字に白抜きの凝った文字で「会員制」とだけ書かれている。リサという源氏名も知らせておいたので、まさか普通のレストランを想像していたわけではあるまい。

「もうオーダーなさいました？　もしお気に召さなければこのままお帰りになってもかまいませんのよ。暴力バーではありませんから」

「あ、オーダーはまだなんですけど……でも帰りませんよ。遊んで行っていいですか？」

「ええ、もちろん。昼間なのでノンアルコールでも構いませんし、お食事だけでも。いらしていただいて、本当にうれしいですわ」

木原のきっぱりとした返事に、冴子は嫣然と微笑んで彼を見下ろした。パンティをはいていない剝き出しの女唇は、今にも蜜液が溢れてきそうなほど潤っていた。木原の顔を見るのは二カ月ぶりだったのだ。

彼は白ワインをグラスでオーダーし、物珍しそうに店の様子を眺めながらゆっくりと飲んだ。「ルシアン」では女性は客の隣に座らないことになっているので、冴子は立ったまま接客した。

「こういう店、昼間から営業しているって珍しいんじゃないですか？」

「ええ、そうですね。ここの女性はママ以外全員人妻なんですよ」

「そういうことか……あの、あっちの奥にも席があるんですか？」

木原の目が好奇心できらりと光った。特に居心地は悪く感じていないようだ。

「奥の方は……席というよりも、部屋ですね。指名していただければ、あちらの方で一対一の接客をいたしますのよ。どなたかいれば、お申しつけください」

「どなたか？　決まってるじゃないですか。あなたですよ。ええっと、リサさん」

「ご指名ありがとうございます」

冴子は静かに微笑み、跪《ひざまず》いて丁寧に礼をした。その際、さりげなく彼の股間に触れるのを忘れなかった。

そこはもちろん、すでにしっかりと存在を主張していた。

「心からご奉仕いたします。きっとご満足していただけると思いますわ」

冴子はさりげなくエプロンの裾をめくって中を見せてから、彼の手を取って立ち上がった。

すべてはこの日の、この瞬間のために準備してきたことだった。

扉は、開かれた……。

この作品は書き下ろしです。原稿枚数369枚（400字詰め）。

GENTOSHA OUTLAW BUNKO

社宅妻《しゃたくづま》

昼《ひる》下《さ》がりの情事《じょうじ》

真藤《しんどう》怜《れい》

平成19年12月10日　初版発行

発行者――見城徹
発行所――株式会社幻冬舎
〒151-0051東京都渋谷区千駄ヶ谷4-9-7
電話　03(5411)6222(営業)
　　　03(5411)6211(編集)
振替00120-8-767643
印刷・製本―株式会社光邦
装丁者――高橋雅之

幻冬舎アウトロー文庫

ISBN978-4-344-41066-4　C0193　　O-58-7